W0185928

AtV

Eduard von Keyserling, geboren 1855 auf Schloß Paddern in Kurland, lebte seit 1895 in München, wo er 1918 starb. Er gehörte zur literarischen Prominenz seiner Zeit und genoß hohe Wertschätzung als Romancier und Erzähler. Sein Münchner Schriftstellerkollege Lion Feuchtwanger rühmte 1915 an ihm: »Seine Darstellung saugt das Stoffliche gewissermaßen auf und fängt den Duft, die Atmosphäre der Menschen und der Dinge ein.«

»Wellen« gehört neben »Dumala« und »Abendliche Häuser« zu den großen Werken des baltischen Erzählers. Geschult an Turgenjew, Fontane und Herman Bang, erweist sich Keyserling als brillanter Naturschilderer und Menschengestalter.

Gräfin Doralice, die ihren Stand verlassen hat, kann in der Beziehung zu dem Maler Hans Grill ihren Lebenshunger nicht stillen. Während sie selbst nicht weiß, wohin es sie treibt, kommt der Maler bei einer nächtlichen Ausfahrt ums Leben, Baroneß Lolo glaubt in ihrer Liebesverwirrung um Doralice keinen anderen Ausweg zu sehen als den Tod im Meer, und der Leutnant, Lolos Verlobter, verläßt nach dem erschütternden Erleben wechselseitiger Liebe den Schauplatz des Geschehens. Am Ende schließt sich der Kreis: Wie am Anfang geht Doralice am Strand entlang, diesmal in Begleitung eines lebensklugen Geheimrats, Außenseiter auch er, dem das Schlußwort erteilt wird: »Freilich, freilich, wir haben Zeit, wir haben hier gelernt, Zeit zu haben, wir warten, wir warten ruhig ab, bis das Meer uns freigibt.«

Eduard von Keyserling

Wellen

Aufbau Taschenbuch Verlag

Mit 12 Filmfotos

ISBN 3-7466-2037-6

1. Auflage 2005
© Aufbau Taschenbuch Verlag GmbH, Berlin 2005
Einbandgestaltung Preuße & Hülpüsch Grafik Design
unter Verwendung eines Filmfotos
mit Marie Bäumer und Florian Stetter
© Coverfoto und Fotos im Innenteil
von Algimantas Babravicius aus »Wellen«, für das ZDF
produziert durch Ziegler Film GmbH & Co. KG;
mit freundlicher Genehmigung
von ZDF/ZDF Enterprise GmbH 2005
Druck und Binden Oldenbourg Taschenbuch GmbH, Plzeň
Printed in Czech Republic

www.aufbau-taschenbuch.de

Erstes Kapitel

Die Generalin von Palikow und Fräulein Malwine Bork, ihre langjährige Gesellschafterin und Freundin, kamen in das Wohnzimmer. Sie wollten sich ein wenig erholen. Die Generalin setzte sich auf das Sofa, das frisch mit einem blanken, schwarz und roten Kattun bezogen war. Sie war sehr erhitzt und löste die Haubenbänder unterm Kinn. Das lila Sommerkleid knisterte leicht, die weißen Haarkuchen an den Schläfen waren verschoben, und sie atmete stark. Sie schwieg eine Weile und schaute mit den ein wenig hervorstehenden grellblauen Augen kritisch im Zimmer umher. Das Zimmer war weiß getüncht, wenig schwere Möbel standen an den Wänden umher, und über die Bretter des Fußbodens war Sand gestreut, der in der Abendsonne glitzerte. Es roch hier nach Kalk und Seemoos.

»Hart«, sagte die Generalin und legte ihre Hand auf das Sofa.

Fräulein Bork neigte den Kopf mit dem leicht ergrauten Haar auf die linke Schulter, blickte schief durch die Gläser ihres Kneifers auf die Generalin, und das bräunliche Gesicht, das aussah wie das Gesicht eines klugen älteren Herrn, lächelte ein nachdenkliches, verzeihendes Lächeln. »Das Sofa«, sagte sie, »natürlich, aber man kann es nicht anders verlangen. Für die Verhältnisse ist es doch sehr gut.«

»Liebe Malwine«, meinte die Generalin, »Sie haben die Angewohnheit, alles gegen mich zu verteidigen. Ich greife das Sofa gar nicht an, ich sage nur, es ist hart, das wird man doch noch dürfen.«

Fräulein Bork erwiderte darauf nichts, sie lächelte ihr verzeihendes Lächeln und schaute schief durch ihren Kneifer jetzt zum Fenster hinaus auf den kleinen Garten, der davorlag. Salat und Kohl wuchsen dort recht kümmerlich, Sonnenblumen standen da mit großen schwarzen Herzen, und über alledem lag ein leichter blonder Staubschleier. Dahinter der Strand grell orange in der Abendsonne, endlich das Meer undeutlich von all dem unruhigen Glanze, der auf ihm schwamm, von den zwei regelmäßigen weißen Strichen der Brandungswellen umsäumt. Und ein Rauschen kam herüber, eintönig, wie von einem schläfrigen Taktstock geleitet.

Die Generalin hatte den Bullenkrug für den Sommer gemietet, um hier an der See ihre Familie um sich zu versammeln. Vor drei Tagen war sie mit Fräulein Bork, Frau Klinke, der Mamsell, und Ernestine, dem kleinen Dienstmädchen, hier angelangt, um alles einzurichten. Es erforderte Arbeit und Nachdenken genug, für alle diese Menschen Platz zu schaffen und nicht nur Platz, »denn«, pflegte die Generalin zu sagen, »ich kenne meine Kinder, bei allem, was ich gebe, sind sie kritisch wie ein Theaterpublikum«. Heute nun war die Tochter der Generalin, die Baronin von Buttlär, mit den Kindern, den beiden eben erwachsenen Mädchen Lolo und Nini und dem fünfzehnjährigen Wedig, angelangt. Der Baron Buttlär sollte nachkommen, sobald die Heuernte beendet war, und Lolos Bräutigam Hilmar von dem Hamm, Leutnant bei den Braunschweiger Husaren, wurde auch erwartet.

»Werden sie auch heute abend alle satt werden?« begann die Generalin wieder. »Die Reise macht hungrig.« –

»Ich denke«, erwiderte Fräulein Bork, »da sind die Fische, die Kartoffeln, die Erdbeeren, und Wedig hat sein Beefsteak.«

»So, so«, meinte die Generalin, »übrigens der Junge wird es im Leben nicht leicht haben, wenn er immer *sein* Beefsteak haben muß.«

Fräulein Bork zuckte mit den Achseln und sagte entschuldigend: »Er ist so zart.« Aber das ärgerte die Generalin: »Gewiß, ich gönne ihm sein Beefsteak, Sie brauchen ihn nicht zu verteidigen. Nur finde ich, liebe Malwine, daß Sie keinen rechten Sinn haben für das, was man allgemeine Bemerkungen nennt.« Dann schwiegen die beiden Damen wieder.

Draußen von der Holzveranda tönte Lärm herüber, Tellergeklapper und hohe Stimmen. Ernestine deckte dort den Tisch für das Abendessen und stritt dabei mit Wedig. Auch Lolo und Nini waren erschienen, sie lehnten an der Holzbrüstung der Veranda schmal und schlank in ihren blauen Sommerkleidern. Der Seewind fuhr ihnen in das leichte rote Haar und ließ es hübsch um die Gesichter mit den fast krankhaft feinen Zügen flattern. Die Mädchen zogen ein wenig die Augenbrauen zusammen und schauten mit den blanken braunroten Augen unverwandt auf das Meer und öffneten die Lippen, als wollten sie lächeln, aber das große bewegte Leuchten vor ihnen machte sie schwindelig. Auch Wedig hatte sich nun zu ihnen gesellt und schaute auch schweigend hinaus. Das kränkliche Knabengesicht verzog sich, als täte all dieses Licht ihm weh.

»So«, sagte die Generalin drinnen zu Fräulein Bork, »das war ein angenehmer stiller Augenblick. Ich höre, meine Tochter kommt die Treppe herunter, nun kann es wieder losgehen.«

Frau von Buttlär hatte ein wenig geschlafen, trug ihren Morgenrock und hüllte sich fröstelnd in ein wollenes Tuch. Sie mochte früher das hübsche überzarte Gesicht ihrer Töchter gehabt haben, jetzt waren die Wangen eingefallen und die Haut leicht vergilbt. Aufgebraucht von Mutterschaft und Hausfrauentum, war sie sich ihres Rechtes bewußt, kränklich zu sein und nicht mehr viel auf ihr Äußeres zu geben.

Man setzte sich auf der Veranda zur Abendmahlzeit nieder an den Tisch, über den das rote Abendlicht hinflutete und der Seewind an dem Tischtuch und den Servietten zerrte. Das machte die Gesellschaft schweigsam, so das Meer vor sich, war es, als sei man nicht allein, nicht unter sich.

»Ich habe mir das Meer größer gedacht«, erklärte Wedig endlich.

»Natürlich, mein Sohn«, meinte die Generalin. »Du willst wohl für dich ein Extrameer.«

Frau von Buttlär lächelte gerührt und sagte leise: »Er hat so viel Phantasie.« Fräulein Bork sah Wedig schief durch ihren Kneifer an und meinte: »An die Phantasie des Kindes reicht selbst das Weltmeer nicht hinan.«

Nun begann Frau von Buttlär mit ihrer Mutter ein Gespräch über Repenow, ihr Gut, über Dinge, die sie anzuordnen vergessen hatte, von Gemüsen, die eingemacht werden sollten, und Dienstboten, die unzuverlässig waren; lauter Sachen, die seltsam fremd und unpassend in das Rauschen des Meeres hineinklangen, dachte Lolo. Aber unten am Tisch war ein Streit entstanden zwischen Wedig und Ernestine. »Ernestine«, sagte Fräulein Bork streng, »wie oft habe ich es dir nicht gesagt, du darfst beim Servieren nicht sprechen. Oh! Cet enfant!« setzte sie hinzu und seufzte. Die Generalin lachte. »Ja, unsere Bork hat es mit Ernestines Erziehung schwer, denkt euch, heute mittag entschließt sich das Mädchen zu baden. Sie geht ins Meer, nackt wie ein Finger, am hellen Mittag.« – »Aber Mama!« flüsterte Frau von Buttlär, die Mädchen beugten sich auf ihre Teller nieder, während Wedig nachdenklich Ernestine nachschaute, die kichernd verschwand.

Das Abendlicht legte sich jetzt plötzlich ganz grellrot und unwahrscheinlich über den Tisch, und Fräulein Bork schrie auf: »Seht doch!« Alle fuhren mit den Köpfen herum. An dem blaßblauen Himmel standen riesige kupferrote Wolken, und auf dem dunkel werdenden Meer schwamm es wie große Stücke rotglänzenden Metalls, während die am Ufer zergehenden Wellen den Sand wie mit rosa Musselintüchern überdeckten. Wedig blinzelte mit den roten Wimpern und verzog wieder sein Gesicht, als schmerzte es ihn. »Das ist allerdings rot«, meinte er. Die Generalin jedoch war unzufrieden: »Sie haben mich erschreckt, Malwine, Sie haben eine Art, auf Naturschönheiten aufmerksam zu machen, daß man jedesmal zusammenfährt und glaubt, eine Wespe sitze einem irgendwo im Gesicht.«

Die Mahlzeit war zu Ende, die Mädchen und Wedig stellten sich an die Verandabrüstung, um auf das Meer zu starren. Frau von Buttlär hüllte sich fester in ihr Tuch und sprach mit leiser, besorgter Stimme von ihren häuslichen Angelegenheiten.

Die gewaltsamen Farben am Himmel erloschen jäh. Die farblose Durchsichtigkeit der Sommerdämmerung legte sich über das Land, und das Meer, jetzt lichtlos, schien plötzlich unendlich groß und fremd. Auch das

Rauschen war nicht mehr so geordnet eintönig und taktmäßig; es war, als ließen sich die einzelnen Wellenstimmen unterscheiden, wie sie einander riefen und sich in das Wort fielen. Klein und dunkel hockten die Fischerhäuser auf den fahlen Dünen, hie und da erwachte in ihnen ein gelbes Lichtpünktchen, das kurzsichtig in die aufsteigende Nacht hineinblinzelte. Auf der Veranda war es still geworden. Das seltsame Gefühl, ganz winzig inmitten einer Unendlichkeit zu stehen, gab einem jeden für einen Augenblick einen leichten Schwindel und ließ ihn stillehalten, wie Menschen, die zu fallen fürchten.

»Wer wohnt denn dort?« begann Frau von Buttlär endlich und wies auf eines der Lichtpünktchen am Strande.

»Das dort«, erwiderte die Generalin, »das ist das Haus des Strandwächters. Eine verwachsene Exzellenz hat sich bei ihm eingemietet. Du kennst ihn auch, den Geheimrat Knospelius, er ist bei der Reichsbank etwas, er unterschreibt, glaube ich, das Papiergeld.«

Ja, Frau von Buttlär erinnerte sich seiner: »So ein Kleiner mit einem Buckel. Recht unheimlich.«

»Aber so interessant«, meinte Fräulein Bork.

»Und die anderen Häuser?« fragte Frau von Buttlär weiter.

»Das sind Fischerhäuser«, erklärte Fräulein Bork, »das größte dort ist das Anwesen des Fischers Wardein, und dort, ja, dort wohnt sie doch.«

»Sie?« fragte Frau von Buttlär, beunruhigt davon, daß Fräulein Bork ihre Stimme so geheimnisvoll dämpfte.

»Nun ja«, flüsterte Fräulein Bork, »sie, die Gräfin Doralice, Doralice Köhne-Jasky, die wohnt dort mit – nun ja, sagen wir mit ihrem Manne.« Frau von Buttlär verstand noch nicht ganz.

»Doralice Köhne, die Frau des Gesandten, das ist doch die, die mit dem Maler – die wohnt hier, das ist ja aber schrecklich, man kennt sich doch.«

Doch die Generalin ärgerte sich: »Was ist dabei Schreckliches, man hat sich gekannt, man kennt sich nicht mehr. Der Strand ist breit genug, um aneinander vorüberzugehen, eine fremde Frau Grill, nichts weiter. Ihr Maler heißt ja wohl Hans Grill.«

»Sind sie wenigstens verheiratet?« klagte Frau von Buttlär.

»Ja, sie sagen, ich weiß es nicht«, meinte die Generalin, »das ist auch gleich. Sie wird das Meer nicht unrein machen, wenn sie darin badet. Es ist kein Grund, liebe Bella, ein Gesicht zu machen, als seiest du und deine Kinder nun verloren.«

»Und er ist ein ganz gewöhnlicher Mensch«, jammerte Frau von Buttlär weiter.

»Ja«, sagte Fräulein Bork, sie sprach noch immer leise, aber ihre Stimme nahm einen zärtlichen, feierlichen Klang an, als rezitiere sie ein Gedicht, »es ist traurig und doch wieder in seiner Art schön, wie der alte Graf das Talent des armen Schulmeistersohnes entdeckt, ihn ausbilden läßt, wie er ihn auf das Schloß beruft, damit er die junge Gräfin malt, ja und dort – *müssen* sie sich eben lieben, was können sie dafür. Aber sie wollen nicht die Heimlichkeit und den Betrug. Sie treten zusammen vor den alten Grafen hin und sagen: ›Wir lieben uns, wir können nicht anders, gib uns frei‹, und er, der edle Greis – –«

»Der alte Narr«, unterbrach sie die Generalin. »Wer sagt Ihnen denn, daß es so gewesen ist, wer ist denn dabei gewesen? Wahrscheinlich sind nicht die beiden zu dem Alten gekommen, sondern der Alte ist zu den beiden hereingekommen, das sieht denn anders aus. Köhne war immer ein Narr. Wenn man dreißig Jahre älter als seine Frau ist, läßt man seine Frau nicht malen und spielt man nicht den Kunstfreund. Und diese Doralice, ich habe ihre Mutter gekannt, eine dumme Gans, die nichts zu tun hatte im Leben, als Migräne zu haben und zu sagen: ›Meine Doralice ist so eigentümlich!‹ Ja, eigentümlich ist sie geworden, gleichviel, da ist nichts, um die Augen gen Himmel zu schlagen und zu sagen: Wie schön! Lassen Sie die Grill Grill sein, liebe Malwine, wenn Sie sie mit Ihren Phantasien zur Heldin des Strandes machen, verdrehen Sie den Kindern den Kopf. Ernestine läuft ohnehin alle Augenblicke zum Strande hinunter, um die fortgelaufene Gräfin zu sehen, das verbitte ich mir. Seien Sie so gut, und halten Sie mit Ihrer Poesie an sich.«

»Schrecklich, schrecklich«, seufzte Frau von Buttlär. Fräulein Bork aber schien das Schelten der Generalin nicht zu hören, verträumt schaute sie in die Dämmerung hinein, sah, wie die Dämmerung sich sacht aufhellte, der Mond war aufgegangen, Silber mischte sich in das Dunkel der Wellen, und der Strand lag hell beleuchtet da.

»Da sind sie!« schrie Fräulein Bork auf.

Erschrocken fuhren alle herum. Am Rande der Düne zeichneten sich gegen den hellen Himmel deutlich die Figuren eines großen Mannes und einer Frau ganz nahe beieinander ab. »Dort stehen sie jeden Abend«, flüsterte Fräulein Bork geheimnisvoll.

Frau von Buttlär starrte angstvoll zu dem Paare auf der Düne hinüber, dann rief sie erregt: »Kinder, ihr seid noch da, warum geht ihr nicht schlafen? Ihr seid müde, nein,

nein, geht, gute Nacht«, und beruhigte sich erst, als die Kinder fort waren. Da sah sie sich noch einmal das Paar an da drüben, das jetzt eng aneinandergeschmiegt den Strand entlangging, seufzte tief und sagte kummervoll: »Das ist allerdings unerwartet, unerwartet fatal. Wenn ich mich auf etwas freue, kommt immer so etwas dazwischen. Schon der Kinder wegen ist es mir unangenehm.«

»Ich weiß, ich weiß«, meinte die Generalin. »Du mußt immer etwas haben, das dich quält, sonst ist dir nicht wohl. Schon als kleines Mädchen, wenn alles sich auf einen Spaziergang freute, sagtest du: ›Was hilft es, es werden doch Steinchen in die Schuhe kommen.‹ Unsere Mädchen! Die haben genug Disziplin im Leibe. Sag ihnen, da ist eine Frau Grill, die nicht gekannt wird, und ich sehe es, wie Lolo und Nini die Lippen zusammenkneifen und gerade vor sich hin sehen, wenn sie an Madame Grill vorübergehen.«

»Ja und dann«, begann Frau von Buttlär wieder leise, »offen gestanden, es ist auch wegen Rolf. Die Person ist sehr hübsch, solche Personen sind immer hübsch, und Rolf, du weißt –.«

Die Generalin schlug mit der flachen Hand auf den Tisch: »Natürlich, das mußte kommen, du bist jetzt schon auf Madame Grill eifersüchtig. Aber liebe Bella, so ist dein Mann denn doch nicht. Na ja, immer die eine alte Geschichte mit der Gouvernante, die könntest du auch vergessen. Ab und zu mal im Frühjahr regt sich in ihm noch der Kürassieroffizier, das ist eine Art Heuschnupfen. Aber ihr Frauen bringt durch eure Eifersucht die Männer erst auf unnütze Gedanken. Nein, liebe Bella, wozu ist man, was man ist, wozu hat man seine gesellschaftliche Stellung und seinen alten Namen, wenn man sich vor jeder fortgelaufenen kleinen Frau fürchten sollte. Du bist die Freifrau von Buttlär, nicht wahr, und ich bin die Generalin von Palikow, nun also, das heißt, wir beide sind zwei Festungen, zu denen Leute, die nicht zu uns gehören, keinen Zutritt haben; so, nun wollen wir ruhig schlafen gehen, als gäbe es keine Madame Grill. Wir dekretieren einfach, es gibt keine Madame Grill.«

Alle erhoben sich, um in das Haus zu gehen. Fräulein Bork warf noch einen Blick zum Meer hinab und sagte in ihrem mitleidig singenden Ton: »Die Gräfin Doralice war einst auch einmal solch eine arme kleine Festung.«

Die Generalin wandte sich in der Tür um: »Bitte, Malwine, meine Vergleiche nicht mit Ihrer Poesie zu umspinnen, dazu mache ich sie nicht. Und dann noch eines, ich bitte, ferner Madame Grill nicht zum Gegenstand Ihres Verteidigungstalentes zu machen, Madame Grill wird nicht verteidigt.«

Oben in der Giebelstube, Lolos und Ninis Schlafzimmer, standen die beiden Mädchen noch am Fenster und schauten hinaus. Das mondbeglänzte Meer, das Rauschen und Wehen da draußen ließ ihnen keine Ruhe, es erregte sie fast schmerzhaft, und das Paar, das dort unten an den blanken Säulen der brechenden Wellen hinschritt, gehörte mit zu dem Erregenden und Geheimnisvollen da draußen, das den beiden Mädchen ein seltsames Fieber in das Blut legte.

Unten auf der Bank vor der Küche saß Frau Klinke und kühlte im Seewinde ihre heißen Köchinnenhände. Vor ihr stand Ernestine, wies zum Strande hinunter und sagte: »Nee, Frau Klinke, daß die beiden verheiratet sind, das glaube ich nicht.«

Hans Grill und Doralice gingen am Meeresufer entlang. Es ging sich gut auf dem feuchten, von den Wellen glattgestrichenen Sande. Zuweilen blieben sie stehen und schauten auf den breiten, sich sacht wiegenden Lichtweg hinab, den der Mond auf das Wasser warf.

»Nichts, heute nichts«, sagte Hans und machte eine Handbewegung, als wollte er das Meer beiseite schieben. »Es ziert sich heute, es macht sich klein und süß, um zu gefallen.«

»So laß es doch«, bat Doralice.

»Ja, ja, ich lasse es ja«, erwiderte Hans ungeduldig.

Als sie weiterschritten, hing Doralice sich ganz fest in Hansens Arm. Sie konnte sich ja gehenlassen, dieser Arm war stark, und sie dachte flüchtig an einen anderen zerbrechlichen und zeremoniösen Arm, der ihr feierlich gereicht worden war und auf den sich zu stützen sie nie gewagt hatte.

»Du bist müde?« fragte Hans.

»Ja«, erwiderte sie nachdenklich, »diese langen hellen Tage, glaube ich, machen müde.«

»Viel haben wir an diesen langen hellen Tagen nicht getan«, bemerkte Hans.

»Getan«, fuhr Doralice fort, »nichts. Im Sande gelegen und auf das Meer gesehen. Aber gleichviel, ich konnte doch alles mögliche tun, Dinge, die ich sonst nie getan, unerhörte Dinge, nichts hindert mich. Auf der Reise war das anders, da tut man die Dinge, die im Reisebuch vorgeschrieben sind, aber hier muß das Neue kommen, und das macht vielleicht müde.«

»Gewiß, gewiß«, begann Hans in seiner eifrigen Art, »Möglichkeiten, natürlich Möglichkeiten, das ist es, was der freie Mensch hat, es ist gleich, ob er etwas tut, aber nichts zwingt ihn, nichts schiebt ihn, nichts bindet ihn, was er tut und nicht tut, tut er auf eigene Verantwortung, und das kann müde machen, o ja, das kann müde machen«, und Hans lachte ein lautes Ha! Ha! auf das Meer hinaus, »freie Menschen, freie Liebe, denn das ist ja gleich, ob ein alter Engländer in London uns durch die Nase etwas gesagt hat, was wir nicht verstanden haben, das bindet nicht. Also freie Menschen, freie Liebe, freie –« Er hielt plötzlich inne und fragte: »Warum lachst du?«

Doralice hatte ihren Kopf zurückgebogen, um zu Hans hinaufzusehen, und sie lachte. Die schmalen, sehr roten Linien der Lippen öffneten sich ein wenig, ließen im Mondschein für einen Augenblick das Weiß der kleinen Zähne durchschimmern. So hell beschienen war das Gesicht sehr hübsch mit seinem kindlichen Oval, den graublauen Augen, in die das Mondlicht ein seltsam farbiges Schillern legte, und dem hellblonden Haar, an dem der Wind zauste. Ja, Doralice mußte immer lachen, wenn Hans seine großen Worte hersagte, jene Worte, die klangen, als hätten sie in Zeitungen oder langweiligen Büchern gestanden, aber wenn Hans sie aussprach, bekamen sie etwas Junges, etwas Lebendiges; sie klangen, als schmeckten sie ihm gut, wenn er sie so zwischen seinen gesunden weißen Zähnen hervorzischte.

»O nichts«, sagte Doralice, »sprich nur weiter von deinen freien Menschen.« Allein Hans war empfindlich geworden: »Meine freien Menschen, da ist doch nichts zu lachen«, dann schwieg er.

»Du hast ja ganz recht«, meinte Doralice, um ihn zu versöhnen, »vielleicht macht das müde, wenn nichts einen bindet. Bei uns auf dem Lande, dort bei der Roggenernte gehen hinter den Mähern Mädchen her, welche die Ähren zu Garben binden. Das ist sehr anstrengend.

Um weniger zu ermüden, binden sie sich Tücher ganz fest um die Taille. So war es vielleicht dort, und jetzt, wo mich nichts festbindet –«

»Unsinn«, unterbrach sie Hans, »ich sehe nicht ein, warum du deine Vergleiche von dort hernimmst, von dort sprechen wir doch nicht.«

»Nein, von dort sprechen wir nicht«, wiederholte Doralice.

Sie kamen am Strandwächterhäuschen vorüber. Durch das geöffnete Fenster scholl eine laute Männerstimme, und ihr antwortete eine Frauenstimme leidenschaftlich und scheltend. Unten am Strande stand der Geheimrat Knospelius, eine kleine, wunderlich verbogene Gestalt, er stand so nah am Wasser, daß sein unförmlicher Schatten sich in den Wellen badete. Als Hans und Doralice sich näherten, grüßte er, zog seinen Panama sehr tief ab, das graue Haar flatterte im Winde, er lächelte, und das regelmäßige, bartlose Gesicht sah aus wie ein großes, bleiches Knabengesicht. »Guten Abend«, sagte Hans. Der Geheimrat lachte lautlos in sich hinein und zeigte mit einem merkwürdig langen, dünnen Finger zum Hause des Strandwächters hinauf. »Die streiten wieder«, bemerkte Hans.

»Dort ist immer reger Betrieb«, erwiderte der Geheimrat geheimnisvoll, »die arbeiten am Leben, bis ihnen die Augen zufallen. So was höre ich gern.«

»Ja, hm!« sagte Hans, »guten Abend«, und sie gingen weiter.

»Was sagte er?« fragte Doralice ängstlich. Hans zuckte die Achseln. »Verrückt wahrscheinlich. Solche kleinen Ungetüme sind gewöhnlich ein wenig verrückt. Kennst du ihn denn?«

Doralice dachte nach. »Gewiß, ich kenne ihn. Ich erinnere mich, auf einer großen Gesellschaft war es, es war spät, alle waren müde und warteten auf die Wagen. Da saß plötzlich dieser kleine Mann neben mir. Seine Füße reichten nicht an den Fußboden, sondern hingen wie bei Kindern frei vom Stuhle herunter. Er sah mir ganz frech in die Augen, wie man das sonst nicht tut, und sagte: ›Es fällt mir auf, Frau Gräfin, daß jetzt, wo alle schon schläfrig sind, Ihre Augen noch so wach sind; die warten noch.‹ Ich machte wohl ein sehr dummes Gesicht und fragte: ›Worauf?‹ Da lachte er ganz so, wie er jetzt eben lachte, und sagte: ›Nun darauf, daß was geschieht, daß was kommt. Oh, die geben nicht nach, die stehen auf ihrem Posten.‹ – Mir war das unheimlich, ich war froh, als in dem Augenblick der Wagen gemeldet wurde.«

»Ich weiß nicht, was du noch immer an allen diesen Erinnerungen hast, erquicklich sind sie nicht«, versetzte Hans verstimmt.

»Was kann ich dafür«, verteidigte sich Doralice, »ich habe doch noch keine anderen Erinnerungen, und dann, sie kriechen einem doch überall nach. Da steht der Geheimrat Knospelius plötzlich am Strande, drüben im Bullenkrug zieht die Generalin von Palikow und die Baronin Buttlär ein, auf Schritt und Tritt das alte Leben. Weißt du, was ich möchte? Dort drüben über dem Meer müßte man eine Hängematte aufhängen können, gerade so hoch, daß die Wellen sie nicht erreichen, aber doch so, daß, wenn ich die Hand herabhängen lasse, ich den Wellen in die weißen Bärte fassen kann, und so, siehst du, könnten, glaube ich, keine Erinnerungen kommen, und keine Knospelius' und Palikows könnten einem begegnen.«

Hans blieb nachdenklich stehen: »Du«, sagte er, »das wollen wir machen.« Er ergriff Doralice, legte sie auf seine Arme: »Lieg«, rief er, »wie ein Kind auf den Armen des Paten während der Taufe«, und nun begann er langsam in das Meer hineinzugehen. Regungslos lag Doralice da und schaute hinauf in den Himmel, der bleich von Mondenschein war. Das Wehen, das vom Meere kam, das Rauschen unter ihr, das goldene Fließen und Flimmern ringsumher, all das schien sie zu zwingen und zu schaukeln, und dann war es ihr, als fiele sie, fiele sie in einen Abgrund von Licht, das sie dennoch trug und hielt.

»So, so, weiter, weiter, jetzt sind wir ganz bei ihnen, mitten unter ihnen, das dumme Land ist fort.« Doralice sprach mit einer Stimme, wie Schlafende es tun, lachte ein leises, ganz helles Lachen, wie Kinder, die auf einer Schaukel sitzen. Sie ließ ihre Hand herabhängen, griff in den Schaum der Wellen, schnalzte mit den Fingern, als wollte sie kleine Hunde springen lassen. »Wie sie zu mir heraufwollen«, rief sie, »kommt, kommt, nein, das ist zu hoch.« Hans stand bis über die Knie im Wasser und lächelte, das Gesicht rot vor Anstrengung. Aber allmählich wurde er müde, es war nicht leicht, sicher im Wasser zu stehen, und langsam zog er sich an das Ufer zurück. Mit einem befriedigten: »so, das war eine Leistung«, setzte er Doralice auf den Sand zurück. Sie schwankte ein wenig auf ihren Füßen wie berauscht, sie legte die Hand auf die Augen, alles um sie her schien noch sacht zu schwanken. Sie mußte sich an Hans anlehnen. »Du siehst«, sagte sie, »ich vertrage dies dumme Land nicht mehr.«

»Das kommt noch«, meinte er, »das Land wird uns jetzt sehr gut schmecken. Eine warme Stube und Rotwein, ich bin naß und mich friert.« – »Ja, gehen wir«, sagte Doralice kleinlaut, »wir gehören ja doch nicht zu denen dort. Aber wie stark du bist, daß du mich so halten konntest.«

»Nicht wahr«, erwiderte Hans stolz, »und weißt du, wie ich dich so hielt, wenn ich denke, das war eigentlich symbolisch, mitten in den Wellen, und ich halte dich.«

Aber Doralice sagte müde: »Ach nein, laß es lieber nicht symbolisch sein.«

Hans schaute sie verwundert an und murmelte dann ein wenig empfindlich: »Nun, dann auch nicht.«

Um den Hof des Wardeinschen Anwesens standen die niedrigen strohgedeckten Häuser, der Schuppen, der Stall, der Speicher, in dem jetzt die Familie des Fischers wohnte, und das Wohnhaus, das Hans Grill gemietet hatte. Hier schien die Hitze des Tages noch eingeschlossen zu sein, die Luft war schwer von den Gerüchen des Strohs, der an Schnüren trocknenden Fische und feuchter Netze. Man hörte durch die kleinen geöffneten Fenster den Atem schlafender Menschen, irgendwo schlug ein Hahn auf seiner Stange mit den Flügeln, und im Schuppen grunzte ein Schwein im Traum. Und hier fiel von Doralice der Rausch der Weite und des Lichtes ab, ganz jäh, es schmerzte fast körperlich, und als sie durch die Tür traten, die so niedrig war, daß Hans sich tief bükken mußte, sagte Doralice klagend: »So schlüpfen wir denn auch in unser Loch.« – »Ja, ja«, meinte Hans eifrig, »das wird guttun.« In dem kleinen Wohnzimmer brannte eine Petroleumlampe auf dem Tisch, und es fiel Doralice auf, wie häßlich unrein dieses Licht war, mit welch schläfriger Alltäglichkeit es den weißgetünchten Raum füllte. Hans war ganz geschäftig. »Köstlich, köstlich«, sagte er, »setz du dich dort in den Korbstuhl, ich bin gleich wieder da.« Er verschwand, kam dann in weichen Filzschuhen zurück, ging ab und zu, holte Gläser, den Rotwein, schenkte die Gläser voll, setzte sich endlich Doralice gegenüber an den Tisch, rieb sich die Hände und lachte über das ganze Gesicht. Er sah sehr jung aus, das Gesicht von der Luft gerötet und der Bart und das kurzgelockte Haar honiggelb, die braunen Augen blinzelten blank vor Freundlichkeit. »Köstlich«, wiederholte er, »das nenne ich eine Lebenslage, man sitzt so beieinander, und die Lampe brennt, man hat seinen Rotwein und dazu sein wunderschönes Weib.«

Doralice lehnte sich in ihren Korbstuhl zurück und schloß die Augen. »Ach«, sagte sie müde, »nenne mich bitte nicht Weib, das klingt so, ich weiß nicht, nach losen blauen Jacken mit weißen Punkten und Kartoffelsuppe.«

Hans errötete. »Nein, nein«, sagte er, »also nicht Weib. Weib ist ein schönes deutsches Wort, aber wie du willst, bitte.«

Sie schwiegen beide eine Weile. Aus dem Nebenzimmer hörte man deutlich das Schnarchen der alten Agnes, einer fernen Verwandten von Hans Grill, die ihm jetzt die Wirtschaft führte. Agnes hatte eine seltsame, kummervolle und mißmutige Art des Schnarchens. Am Tage versah sie still und pünktlich ihren Dienst, aber das alte Gesicht, in dem die Fältchen wie Sprünge in einem gelben Lack standen, trug stets den Ausdruck einer geduldigen, hochmütigen Ergebenheit. Jetzt schien es Doralice, als käme mit den verschlafenen Lauten alle Bitterkeit heraus, welche die Alte gegen sie hegte. Doralice preßte die schmalen, zu roten Lippen fest aufeinander, und wie sie dalag in dem dunkelblauen Kleide mit dem großen weißen Matrosenkragen, die Stirn ganz verdeckt von dem feucht gewordenen blonden Haar, sah sie aus wie ein kleines Mädchen, das gescholten wird. Nein, auf die Dauer war es unerträglich, dem Murren dort im Nebenzimmer zuzuhören. Alles, alles wurde traurig, wurde sinnlos, sie wußte nicht mehr, warum sie hier saß, warum –. Und Hans, sie öffnete die Augen und schaute ihn an. Er hatte den Kopf auf die Brust sinken lassen, rauchte aus seiner kurzen Pfeife und trank ab und zu in hastigen kleinen Zügen den Wein.

»Bist du noch böse, weil du nicht Weib sagen sollst?« fragte Doralice und versuchte zu lächeln. Hans hob schnell den Kopf, er begann zu sprechen, aber er mußte einige Male dazu ansetzen, denn eine Erregung schnürte ihm die Kehle zusammen. »Weib oder nicht Weib, das ist doch gleich, der Ton ist es, der Ton. Wenn du den hast, dann bist du mir plötzlich ganz weit, ganz fremd, der streicht plötzlich alles aus, was wir miteinander erlebt haben. Ich freue mich darauf, daß es gemütlich sein wird, man wird beieinandersitzen, man wird lachen, man wird glücklich sein, und dann sagst du etwas, und dieser Ton ist da, und es wird sofort kalt und fremd und peinlich, als setzten wir uns drüben im Schloß vor den weißen Serviettenzeltchen mit dem alten Grafen zum Frühstück nieder.«

Doralice hörte ihm gespannt zu, diese erregte Stimme, die sich überstürzenden Worte erwärmten sie. Er sollte weitersprechen. »Wie ist dieser Ton?« fragte sie.

»Wie? Wie?« fuhr Hans leidenschaftlich fort. »Wenn dir etwas nicht schmeckt, dann schiebst du den Teller fort und sagst feindselig: ›Das will ich nicht.‹ So, so ist dieser Ton, als ob du mich und unsere ganze gemeinsame Geschichte fortschiebst. Das kannst du ja auch, es ist ja auch dein Recht, sag es doch.«

Doralice lächelte jetzt ihr hübsches, strahlendes Lächeln. Sie hob die Arme in die Höhe und reckte sich: »Ach Hans, das ist ja Unsinn, ich bin einfach müde. Glaubst du, das strengt nicht an, so zwischen Himmel und Meer zu schweben?«

Hans schaute sie erstaunt an, dann begann auch er zu lachen, sein lautes, ein wenig unerzogenes Lachen. »Also das strengt dich an, und ich – glaubst du, es ist leicht, fest im Wasser zu stehen und eine Frau über den Wellen zu halten, die Hängematte zu spielen?«

»Du«, meinte Doralice, »du bist ja so stark.«

Befriedigt lehnte Hans sich in seinen Stuhl zurück, goß sich Wein ein, er schüttelte sich vor Gemütlichkeit, als sei eine Gefahr glücklich vorübergegangen.

»Und all das kommt daher«, erklärte Hans und stach dozierend mit seiner Pfeife in die Luft hinein, »uns fehlt eine gewisse Enge, eine Gebundenheit, Form, Form, Form, das ist es, das macht reizbar und unsicher. Von Unendlichkeiten kann man nicht leben. Immer kann der eine nicht stehen und den anderen zwischen Himmel und Meer in den Mondschein hineinhalten. Also wir müssen unser Leben einteilen, regelmäßige Beschäftigung, Haushalt, eine Alltäglichkeit müssen wir haben, der ewige Feiertag macht uns krank.«

»Du könntest ja wieder malen«, warf Doralice hin.

»Das werd ich auch«, rief Hans hitzig, »glaubst du, ich werde ruhig dasitzen und von deinem Gelde leben?«

»Ach was, das dumme Geld.«

»Gleichviel, ich werde arbeiten, ich weiß auch, was ich zu malen habe, ich studiere meine Modelle, euch beide.«

»Uns beide?«

»Ja, dich und das Meer. Ihr beide müßt zusammen auf

ein Bild und eine Synthese von dir und dem Meer, verstehst du?«

»Ja so«, bemerkte Doralice, »ob du nicht versuchst, zuerst das Meer zu malen. Du sagtest doch, daß du mich nicht malen kannst.«

Das ärgerte Hans wieder. »Ja dort, dort konnte ich dich allerdings nicht malen. Ich war berauscht von dir. Man muß doch seinem Modell auch einigermaßen objektiv gegenüberstehen.«

»Stehst du mir jetzt objektiv gegenüber?« fragte Doralice verwundert.

»Ja«, meinte Hans, »es kommt wenigstens allmählich, und das haben wir nötig, etwas Nüchternheit, so eine selbstgeschaffene Bürgerlichkeit, in die man sich fest einschließt. Du sprachst da vorhin wegwerfend von Kartoffelsuppe, ich möchte sagen, kein Leben, auch das idealste, ist möglich, in dem es nicht einige Stunden am Tage nach Kartoffelsuppe riecht.« Er lachte und sah Doralice triumphierend an, stolz auf seine Bemerkung.

Doralice seufzte: »Uff, wenn man da nur atmen kann, ganz eng, fest eingesperrt und riecht nach Kartoffelsuppe. Eine Welt, als ob Agnes sie geschaffen hätte.«

»Bitte«, sagte Hans empfindlich, »wer da nicht atmen kann, darf hinaus, wir sind freie Menschen, daß wir uns selbst binden, ist unsere Freiheit, aber keiner von uns ist gebunden.«

Doralice zog die Augenbrauen in die Höhe und sagte ziemlich schläfrig: »Ach, lassen wir doch die alte Freiheit. Es ist ja ganz hübsch, wenn eine Tür immer offensteht, aber man braucht doch nicht beständig drauf hinzuweisen. Die Freiheit wird dann fast ebenso langweilig wie das ›tenue, ma chère‹ dort, du weißt.«

Hans schaute Doralice bestürzt an. Er wollte etwas sagen, verschluckte es jedoch. Er erhob sich und begann im Zimmer auf und ab zu gehen, er ging schnell, stapfte stark mit seinen Filzschuhen auf den Boden. Doralice folgte ihm neugierig mit den Blicken. Jetzt war er zornig, jetzt würde er leidenschaftlich losbrechen, sie freute sich darauf, sie liebte es, wenn er die Worte so heiß hervorsprudelte und ein Gesicht machte wie ein zorniger Knabe. Das hatte ihr an ihm gefallen dort in der Welt der beständigen Selbstbeherrschung. Aber es wollte nicht kommen, immer noch ging er schnell und schweigend in dem engen Raum umher. Plötzlich blieb er vor Doralice stehen, kniete nieder, mit beiden Knien hart auf den Boden schlagend, und legte seinen Kopf auf Doralicens Knie, und so begann er zu sprechen, leise und klagend: »Wie kannst du das sagen, ich – ich – ich weise auf die Tür hin. Aber wenn du zu dieser Tür hinausgingst, dann wäre es aus, dann hätte nichts mehr einen Sinn, dann hätte ich keinen Sinn, dann hätte die ganze Welt keinen Sinn.« «

Doralice strich mit der Hand ihm leicht über das krause Haar. »Nein, nein«, sagte sie, und das klang müde und mitleidig zugleich, »zusammen, wir bleiben zusammen, wir beide sind ja doch miteinander ganz allein.«

Hans richtete sich auf, er lachte wieder, zuversichtlich und triumphierend, indem er Doralicens Arm faßte und ihn schüttelte: »Das will ich meinen, und ich werde auch dafür sorgen, daß niemand an dich herankommt.« Dann nahm er ihre kleine Gestalt auf seine Arme, wie man ein Kind nimmt, und trug sie in das Schlafzimmer hinüber.

Zweites Kapitel

Der Morgen dämmerte, als Doralice erwachte. So war es jetzt immer: wenn sie sich niederlegte, schlief sie schnell und tief ein, aber lange vor Sonnenaufgang erwachte sie, und es war mit dem Schlaf zu Ende. Dann lag sie da, die Arme erhoben, die Hände auf ihrem Scheitel gefaltet, die Augen weit offen, und schaute der graublauen Helligkeit zu, wie sie durch die weiß und rot gestreiften Gardinen in das Zimmer drang, den Waschtisch, die beiden plumpen Stühle, den großen gelben Holzschrank aus der Dämmerung herausschälte, das Zimmer erhellte, ohne es zu beleben, gleichsam ohne es zu wecken. Und dieses Zimmer, klein wie eine Schiffskabine, erschien Doralice als etwas ganz und gar nicht zu ihr Gehöriges. Sie lag da wohl in dem schmalen Bett unter der häßlichen rosa Kattundecke, aber sie hatte nicht die Empfindung, als sei dieses die Wirklichkeit, wirklich für sie war noch die Welt des Traums, aus der sie eben emportauchte. Jede Nacht führte er sie in ihr früheres Leben zurück, jede Nacht mußte sie ihr früheres Leben weiterleben. Am besten war es noch, wenn sie sich in dem alten Heimathause ihrer frühen Jugend, dort in der kleinen Provinzstadt befand. Ihre Mutter lag wieder auf der Couchette, hatte Migräne und eine Kompresse von Kölnischem Wasser auf der Stirn. Sie hörte wieder die klagende Stimme: »Mein Kind, wenn du verheiratet sein wirst und ich nicht mehr sein werde, dann wirst du an das, was ich dir gesagt habe, oft zurückdenken.« Und dieses Wort »wenn du verheiratet sein wirst«, das in den Gesprächen ihrer Mutter immer wiederkehrte, gab Doralice wieder das angenehme, geheimnisvolle Erwartungsgefühl. Draußen der schattenlose Garten lag gelb vom Sonnenschein da, die langen Reihen der Johannisbeerbüsche, das Beet mit den Chrysanthemen, die fast keine Blätter und stark geschwollene bronzefarbene Herzen hatten. Auf der Gartenbank schlummerte Miß Plummers. Das gute alte Gesicht rötete sich in der Mittagshitze. Doralice ging unruhig in Kieswegen auf und ab, das eintönige sommerliche Surren um sie her kam ihr wie die Stimme der Einsamkeit und der Ereignislosigkeit vor. Aber gerade hier in dem alten Garten fühlte sie es stets am deutlichsten, daß dort jenseits des Gartenzaunes eine schöne Welt der Ereignisse auf sie wartete. Sie fühlte es körperlich als seltsame Unruhe in ihrem Blut, sie hörte es fast, wie wir das Stimmengewirr eines Festes hören, vor dessen verschlossenen Türen wir stehen. Nun und dann war diese Welt gekommen, in Gestalt des Grafen Köhne-Jasky, des hübschen älteren Herrn, der so stark nach new mown hay roch, Doralice so verblüffende Komplimente machte und so unterhaltende Geschichten erzählte, in denen stets kostbare Sachen und schöne Gegenden vorkamen. Daß Doralice eines Tages ihr weißes Kleid mit der rosa Schärpe anzog, daß ihre Mutter sie weinend umarmte und der kleine kohlschwarze Schnurrbart des Grafen sich in einem Kusse auf ihre Stirn drückte, war etwas, das selbstverständlich notwendig war, etwas, auf das Mutter und Tochter ihr bisheriges Leben über gewartet zu haben schienen.

Am häufigsten aber befand Doralice sich im Traum in dem großen Salon der Dresdner Gesandtschaft. Immer lag dann ein winterliches Nachmittagslicht auf dem blanken Parkett. In den süßen Duft der Hyazinthen, die in den Fenstern standen, mischten die großen Ölbilder an der Wand einen leichten Terpentingeruch. Von der anderen Seite des Saals kam ihr ihr Gemahl entgegen, sehr schlank in seinen schwarzen Rock geknüpft, die Bartkommas auf der Oberlippe hinaufgestrichen. Ein wenig zu zierlich, aber hübsch sah er aus, wie er so auf sie zukam, die glatte weiße Stirn, die regelmäßige Nase, die langen Augenwimpern. Allein der Traum spielte ein seltsames Spiel, je näher der Graf kam, um so älter wurde dies Gesicht, es welkte, es verwitterte zusehends. Er legte den Arm um Doralicens Taille, nahm ihre Hand und küßte sie. »Charmant, charmant«, sagte er, »wieder eine reizende Aufmerksamkeit. Wir haben unsere Ausfahrt aufgegeben, weil wir wußten, daß der Gemahl heut nachmittag ein Stündchen frei hat. Da wollen wir ihm Gesellschaft leisten und ihm selbst den Tee machen. Gute Ehefrauen habe ich schon genug gesehen, Gott sei Dank, es gibt noch welche, aber ma petite comtesse ist eine raffinierte Künstlerin in Ehedelikatessen.« Doralice schwieg und preßte ihre Lippen fest aufeinander und hatte das unangenehm beengende Gefühl, erzogen zu werden. Natürlich hatte sie ausfahren wollen, natürlich hatte sie gar nicht gewußt, daß der Gemahl heute eine Stunde frei hatte, und hatte auch gar nicht die Absicht gehabt, ihm Gesellschaft zu leisten. Allein, das war seine Erziehungsmethode, er tat, als sei Doralice so, wie er sie wollte. Er lobte sie beständig für das, was er doch erst in sie hineinlegen wollte; er zwang ihr gleichsam eine Doralice nach seinem Sinne auf, indem er tat, als sei sie schon da. Hatte sich Doralice in einer Gesellschaft mit einem jungen Herrn zu gut und zu lustig unterhalten, dann hieß es: »Wir sind ein wenig vielverlangend, ein wenig sensibel, man kann sich die Menschen nicht immer aussuchen; aber du hast ja recht, der junge Mann hat nicht einwandfreie Manieren, aber soviel es geht, wollen wir ihn fernhalten.« Oder Doralice hatte im Theater bei einem Stück, das dem Grafen mißfiel, zu viel und zu kindlich gelacht, dann bemerkte er beim Nachhausefahren: »Wir sind ein wenig verstimmt, schockiert, wir sind ein wenig zu streng, aber tut nichts, du hast ganz recht, es war ein Fehler von mir, dich in dieses Stück zu bringen. Ich hätte ma petite comtesse besser kennen sollen, vergib dieses Mal.« Und so war es in allen Dingen, diese ihr aufgezwungene fremde Doralice tyrannisierte sie, schüchterte sie ein, beengte sie wie ein Kleid, das nicht für sie gemacht war. Was half es, daß das Leben um sie her oft hübsch und bunt war, daß die schöne Gräfin Jasky gefeiert wurde, es war ja nicht sie, die das alles genießen durfte, es war stets diese unangenehme petite comtesse, die so sensibel und so reserviert war und ihrem Gemahl gegenüber immer recht hatte. Wie eine unerbittliche Gouvernante begleitete sie sie und verleidete ihr alles.

Als der Graf Köhne seinen Abschied nahm, als er, wie er es nannte, gestürzt wurde, und sich gekränkt und schmollend auf sein einsames Schloß zurückzog, um sich fortan damit zu beschäftigen, die Geschichte der Köhne-Jaskys zu schreiben und melancholisch zu altern, da war es eine neue Doralice, die Doralice dort auf dem alten Schlosse erwartete. »Ah, ma petite châtelaine ist hier endlich in ihrem wahren Elemente, stille, ruhige, etwas verträumte Beschäftigungen, der wohltätige Engel des Gemahls und des Gutes, das hat uns gefehlt.« Und der stille wohltätige Engel, der sie nun plötzlich war, drückte auf Doralice wie ein bleiernes Gewand.

Da kam Hans Grill ins Schloß, um Doralice zu malen, Hans mit seinem lauten Lachen und seinen knabenhaft unbesonnenen Bewegungen und seiner unbesonnenen Art, noch alles, was ihm durch den Kopf ging, unvermittelt und eifrig auszusprechen. »Ich empfehle dir meinen Schützling«, hatte der Graf zu seiner Frau gesagt, »gewiß, als Gesellschafter kommt er nicht in Betracht, du hast ja ganz recht, ihn sehr à distance zu halten, aber dennoch empfehle ich ihn deinem Wohlgefallen.« Es begannen nun die langen Sitzungen in dem nach Norden gelegenen Eckzimmer des Schlosses. Hans stand vor seiner Leinwand, malte und kratzte wieder ab. Dabei sprach er stets, erzählte, fragte, ließ große Worte klingen. Doralice hörte ihm anfangs neugierig zu, es war ihr neu, daß jemand so sorglos sein innerstes Wesen heraussprudelte. Er sprach stets von sich, zuweilen mit ganz kindlicher Zufriedenheit und Prahlsucht, dann vertraute er Doralice gutmütig an, was ihm an sich selber bedenklich schien. »An Charakter fehlt es zuweilen«, sagte er, »ei, ei!« Was aus diesen Reden aber am stärksten hervorklang, war ein unbändiger Lebensappetit und ein unumschränktes Vertrauen, alles zu erreichen, wonach er greifen würde. »Oh, ich werde es schon machen, da ist mir nicht bange«, hieß es. Doralice tat das wohl, es erregte auch in ihr wieder Lebenshunger, es erweckte in ihr etwas, das sie fast vergessen hatte, ihre Jugend. Von distance war eigentlich nicht mehr die Rede, die allzu sensible châtelaine fiel ganz von ihr ab, und es ging jetzt dort in dem Eckzimmer oft sehr heiter und kameradschaftlich zu. Aber zuweilen, wenn sie gerade recht laut lachten, hielten sie plötzlich inne, horchten hinaus. »Still«, sagte Hans, »ich höre seine Stiefel knarren«, und es war, als sei eine geheime Zusammengehörigkeit zwischen ihnen beiden eine selbstverständliche Sache. Hans verliebte sich natürlich in Doralice und war diesem Gefühle gegenüber ganz hilflos. Er zeigte es ihr, er sagte es ihr mit einer naiven, fast schamlosen Offenheit, und Doralice ließ es geschehen, es war ihr, als faßte das Leben sie mit starken, gewaltsamen Armen und trug sie mit sich fort. Da begann in diesen Spätherbsttagen Doralices Liebesgeschichte. Helle, kalte Tage und dunkle Abende, auf den Beeten die von dem Nachtfrost gebräunten Georginen und in den Alleen des Parkes welkes Laub, das auch beim vorsichtigsten Schritte raschelte. Wenn Doralice an diese Zeit dachte, empfand sie wieder das seltsame schwüle Brennen ihres Blutes, empfand sie die stete Angst vor etwas Schrecklichem, das kommen sollte, das jeder Liebesstunde auch ihr furchtbar erregendes Fieber beimischte. Wieder empfand sie jenes wunderlich lose, verworrene Gefühl, jenen Fatalismus, der so oft Frauen in ihrem ersten Liebesrausch erfüllt. Dennoch trug Doralice leichter an den Heimlichkeiten und Lügen als Hans. »Ich halte es nicht mehr aus«, sagte er, »immer einen so vor mir zu haben, den ich betrüge, wir wollen fortgehen oder es ihm sagen.«

»Ja, ja«, meinte Doralice. Es wunderte sie selbst, wie gering die Gewissensbisse waren über das Unrecht, das sie ihrem Mann antat, ja, es war fast nur so wie damals, wenn sie Miß Plummers hinterging. »Und er ahnt es«, sagte Hans, »er bewacht uns, man begegnet ihm überall, hast du es bemerkt? Seine Stiefel knarren nicht mehr, wir müssen ihm zuvorkommen.«

Allein, der Graf kam ihnen zuvor. Es war ein grauer Nebeltag, Doralice stand im großen Saal am Fenster und schaute zu, wie der Wind die Krone des alten Birnbaums hin und her bog und die gelben Blätter von den Zweigen riß und sie in toller Jagd durch die Luft wirbelte. Es sah ordentlich aus, als freuten sich diese hellgelben kleinen Blätter, von dem Baume loszukommen, so ausgelassen schwirrten sie dahin. Doralice hörte ihren Gemahl in das Zimmer kommen. Er machte einige kleine knarrende Schritte, rückte den Sessel am Kamin, setzte sich, nahm ein Schüreisen, um, wie er es liebte, im Kaminfeuer herumzustochern. Als er mit einem »ma chère« zu sprechen begann, wandte sie sich um, und es fiel ihr auf, daß er krank aussah, daß seine Nase besonders bleich und spitz war. Er schaute nicht auf, sondern blickte auf das Kaminfeuer, in dem er stocherte. »Ma chère«, sagte er, »ich habe deine Geduld bewundert, aber lassen wir es genug sein, ich habe mit Herrn Grill eben vereinbart, daß er uns heute verläßt. Mit dem Bilde wird es ja doch nichts, und von dir ist es zu viel verlangt, dich noch der Langeweile dieser Sitzungen und dieser – Gesellschaft zu unterziehen. So werden wir wieder entre nous sein. Recht angenehm, was?«

Doralice war bis in die Mitte des Zimmers gekommen, da stand sie in ihrem schieferfarbenen Wollenkleide, die Arme niederhängend, in der ganzen Gestalt eine Gespanntheit, als wollte sie einen Sprung tun, in den Augen das blanke Flackern der Menschen, die vor einem Sprunge von einem leichten Schwindel ergriffen werden.

»Wenn Hans Grill geht, gehe ich auch«, sagte sie, und im Bemühen, ruhig zu sein, klang ihre Stimme ihr selbst fremd.

»Wie? Was? Ich verstehe nicht, ma chère.« Das Schüreisen fiel klirrend aus seiner Hand, und Doralice sah wohl, daß er sie gut verstand, daß er längst verstanden haben mußte. Um seine Augen zogen sich viele Fältchen zusammen, und die Bartkommas auf seiner Oberlippe zitterten wunderlich.

»Ich meine«, fuhr Doralice fort, »daß ich nicht mehr deine Frau bin, daß ich nicht mehr deine Frau sein darf, daß ich mit Hans Grill gehe, daß, daß –«, sie hielt inne, Schrecken und Verwunderung über den Anblick des Mannes dort im Sessel ließen sie nicht weitersprechen. Er knickte in sich zusammen, und sein Gesicht verzog sich, wurde klein und runzlig. War das Schmerz? War das Zorn? Es hätte auch ein unheimlich scherzhaftes Gesichterschneiden sein können. Mit großen, angstvollen Augen starrte Doralice ihn an. Da schüttelte er sich, fuhr sich mit der Hand über das Gesicht, richtete sich stramm auf. »Allons, allons«, murmelte er. Er erhob sich und ging mit steifen, zitternden Beinen an das Fenster und schaute hinaus. Doralice wartete angstvoll, aber auch sehr neugierig, was nun kommen würde. Endlich wandte sich der Graf zu ihr um, das Gesicht aschfarben, aber ruhig. Er zog seine Uhr aus der Westentasche, wurde etwas ungeduldig, weil die Kapsel nicht gleich aufspringen wollte, schaute dann aufmerksam auf das Zifferblatt und sagte mit seiner diskreten, höflichen Stimme: »Fünf Uhr dreißig geht der Zug.« Er sah auch nicht auf, als Doralice jetzt langsam aus dem Zimmer ging.

»Mein Herz schlug dabei sehr stark«, hatte später Doralice zu Hans Grill gesagt, »ich hörte es schlagen, es schien mir das Lauteste im Zimmer. Ich weiß nicht, was es war, vielleicht war es plötzlich eine sehr starke Freude.«

»Natürlich, natürlich«, meinte Hans Grill, »was sollte es denn anderes gewesen sein.«

Drittes Kapitel

Im Wardeinschen Anwesen erwachte das Leben, eine Stalltür knarrte, nackte Füße stapften die Holzstufen am Hause auf und ab. Doralice fuhr aus ihrem Sinnen auf, aus dem Weiterleben des nächtlichen Traumes. Das Zimmer war jetzt ganz hell, die Decke mit den großen Streckbalken, die Möbel in ihrer robusten Häßlichkeit ließen sich nicht mehr wegdenken wie vorhin in der wesenlosen Dämmerung, sie riefen Doralice zu ihrer Wirklichkeit zurück, mahnten sie, daß sie zu ihnen gehörte. Die Tür zum Nebenzimmer stand offen, dort schlief Hans. Doralice sah ihn, wie er in seinem Bette auf dem Rücken lag, die Wangen rot, das gelbe Haar wirr in die Stirn fallend, die Lippen halb geöffnet. Er atmete tief und laut, seine breite Brust hob und senkte sich, die Augenbrauen zog er ein wenig zusammen, was dem Gesicht einen Ausdruck verlieh, als sei das Schlafen eine ernste, schwere Arbeit, der er sich mit ganzer Anstrengung widmete. »Der wird's schon machen«, dachte Doralice, »wer so schlafen kann, wer so dabei ist, ist seiner Sache sicher.« Das tröstete sie ein wenig in der unklaren Traurigkeit ihrer Morgenstunden. Aber sie wollte nicht wieder schlafen, sie fürchtete sich davor, zu träumen, wieder hinüberzugleiten in ihr früheres Leben. Sie sprang aus dem Bette und kleidete sich an.

Als sie draußen auf die Düne hinaustrat, wehte ein lebhafter, kühler Seewind ihr entgegen. Über einen blaßblauen Himmel zogen eilige hellgraue Wölkchen, und auf dem Meere hoben sich die Wellen ohne Schaum, groß und grüngrau, ein mächtiges, stilles Atmen, erst näher dem Strande wurden sie lebhafter und ließen die weißen Schaumtücher flattern. Dieses Atmen des Meeres erinnerte Doralice an etwas, was war es? Ach ja, an Hans, an seine Brust, die sich dort in dem Zimmer eben ruhig und kraftvoll hob und senkte. Sie begann am Strande entlangzugehen, der Wind fuhr ihr in die Röcke, er trieb sie, sie spürte es deutlich, wie er zu kleinen Stößen ausholte, bald von hinten, bald von der Seite sie anfiel, und das war ein köstlich erfrischendes Spiel, so muß es den Wellen zumute sein, sie wiegte sich im Gehen; es war ihr, als wogte sie, jetzt fuhr ihr ein stärkerer Windstoß in die Haare, schüttelte sie. Doralice machte einen Satz, stieß einen lustigen kleinen Schrei aus. Jetzt brande ich, jetzt brande ich, dachte sie. Über ihr antwortete ein schriller Ruf, eine große weiße Möwe hing über dem Wasser, sie schlug mit den Flügeln, warf sich wie von plötzlicher Lust berauscht auf das Wasser nieder und schwamm dort, ein kleiner weißer Punkt auf dieser wogenden grüngrauen Seide. Vor den Fischerhäusern auf der Düne standen Fischerfrauen, ihre grauen Röcke, ihre roten Tücher flatterten, und sie schützten die Augen mit der Hand und schauten auf das Meer hinaus nach den Männern, die in der Nacht zum Fischfang hinausgefahren waren.

Als Doralice um den Vorsprung einer Düne bog, sah sie den Geheimrat von Knospelius, der vor ihr her den Strand entlangging. Im gelben Leinenanzug, den Panama im Nacken, einen schönen gelben Setter neben sich, holte er mit dem dicken Spazierstock weit aus, machte große Schritte, warf sich in den Schultern hin und her, hatte, wie es Verwachsene lieben, die Bewegungen starker, großer Leute. Als er Schritte hinter sich hörte, wandte er sich um, er grüßte sehr tief, und das große, bleiche Knabengesicht lächelte. Da es schien, als wolle er etwas sagen, blieb Doralice stehen. »Guten Morgen, gnädige Frau«, begann er und schaute mit seinen stahlblauen Augen scharf und aufmerksam hinauf in Doralices Gesicht, »schon vor Sonnenaufgang auf dem Posten?«

Doralice errötete und lachte: »Es ist Ihnen wohl entfallen, Exzellenz, daß das letztemal, als wir uns sprachen, Sie mir dasselbe sagten, auch so etwas von ›auf dem Posten stehen‹.«

»Soso«, meinte Knospelius, »möglich, ich interessiere mich für diese Sachen. Sie haben ein gutes Gedächtnis. Darf ich Sie einige Schritte begleiten, gnädige Frau?«

Sie nickte, obgleich es ihr nicht recht war, dieses kleine Ungeheuer neben sich zu haben, das sie von unten auf ansah, unbekümmert, wie man einen Kupferstich, nicht wie man einen Menschen anschaut. Im Gehen sprach er mit tiefer Stimme, deren Metall ihm selbst zu gefallen schien. »Mit dem Schlafen, meine Gnädige, scheint es Ihnen hier auch nicht recht gelingen zu wollen.«

»Doch«, meinte Doralice, »nur die anderen alle sind so früh auf, die Fischersleute, die Hähne, nun, und das Meer schläft ohnehin nicht.«

Knospelius lachte jetzt sein lautloses Lachen: »Ja, ja, hier ist Betrieb, hier kann man was lernen. Denn, sehen Sie«, er wurde ernst, sein Gesicht nahm einen bösen, fast haßerfüllten Ausdruck an, »sehen Sie, es gibt nichts Dümmeres, nichts Sinnloseres als die Schlaflosigkeit, als im Bett zu liegen, auf den Schlaf zu warten und nicht schlafen zu können. In solchen Stunden komme ich mir vor wie meiner Menschenrechte beraubt. Ich tue nicht meine Pflicht als Mensch.«

»Pflicht als Mensch«, wiederholte Doralice etwas zerstreut.

»Ja, gerade so«, fuhr der Geheimrat fort, zänkisch, als hätte jemand ihm widersprochen, »meine Pflicht als Mensch ist, zu schlafen oder mein Handwerk als Mensch zu treiben, zu arbeiten wie da der Fischer oder zu lieben wie Sie und der Herr Maler oder zu streiten wie meine Hausleute, gleichviel, eben Menschengeschäfte zu treiben, und können wir das nicht, so haben wir zu schlafen. Das weiß mein Karo auch, kann er den Aufgaben seines Hundelebens nicht nachgehen, dann schläft er. Aber was wir in einer schlaflosen Nacht denken und fühlen, ist ganz unnütz, gar nicht zu brauchen, weggeworfenes Leben. Sehen Sie, ich habe viel zu rechnen, das ist mein Beruf, aber in schlaflosen Nächten muß ich auch rechnen, Rechnungen, die nie stimmen, die keinen Sinn und kein Resultat haben, das ist doch menschenunwürdig. Wenn Karo mal so daliegt und mit der Nase im Buche der Natur liest, dann wittert er wirkliche Hasen und wirkliche Hühner, nicht sinnlose Tiere, die es gar nicht gibt; nein, nein, ich sage, nicht schlafen können ist ein Skandal und dürfte einem gar nicht passieren.«

Knospelius schwieg und schaute ärgerlich auf das Meer hinaus.

Doralice tat der kleine Mann leid. Es war doch eine Qual, die zu ihr gesprochen hatte, sie wollte ihm etwas Freundliches sagen. Es kam ihr jedoch kühl und flach heraus: »Ich hoffe, die Seeluft wird Ihnen guttun, Exzellenz.« Knospelius begann wieder weiterzugehen und murmelte: »Ich, ach, es ist nicht das, ich sage es so im allgemeinen. Wenn man wacht, muß man was erleben können, und wenn man schlafen will, muß man schlafen können. Das dürfen wir verlangen.« Plötzlich lächelte er, ein hübsches, fast schüchternes Lächeln. »Na ja, wenn es bei dem einen oder anderen so ’ne Bewandtnis hat, wenn da Hindernisse sind, nun, so müssen wir uns an die Erlebnisse der anderen halten. Ich interessiere mich sehr für die Erlebnisse der anderen, ich kümmere mich hier stark um die Angelegenheiten meiner Nebenmenschen. Ja, ja, was Leben betrifft, bin ich Kommunist, ich leugne das Privateigentum, ha, ha!«

»Erleben denn die Leute hier so viel?« fragte Doralice.

»O genug«, erwiderte der Geheimrat, »sehen Sie die Fischer, die Kerls haben sich mit dem Meere eingelassen, und das hält in Atem, das können Sie mir glauben. Und dann die Weiber, wie sie dort oben stehen und warten. So zu stehen und auf den Mann oder Sohn zu warten, das spannt an. Haben Sie die Augen dieser Frauen beobachtet? Das sind Blicke, die nicht so planlos an den Dingen herumwischen, das sind Blicke, die ohne Umweg gerade auf den Punkt treffen, der ihnen wichtig ist, wie der Hammer in der Hand eines guten Handwerkers gerade und hart immer auf den richtigen Fleck schlägt. Und Sie sollten mal diese Augen sehen, wenn so ’n Mann oder Sohn nicht zurückgekehrt ist und die Frau dann tagelang am Strande hin und her läuft und jeden dunklen Punkt auf dem Wasser oder auf dem Strande erspäht und mit furchtbarer Aufmerksamkeit beobachtet. Das sind Augen, die ihr Handwerk verstehen. Übrigens hat es mich sehr interessiert, daß Sie hergezogen sind. Sie werden schon Farbe in den Betrieb bringen. Es würde mich freuen, den Herrn Maler kennenzulernen. Es scheint ein lebensvoller Herr zu sein. Das sehe ich gern. Ha, ha, das sehe ich ebensogern, wie der Bauernfänger den Herrn mit der dicken Brieftasche gern sieht.« Und er lachte lautlos und andauernd über seinen Witz.

Der Himmel wurde jetzt farbig, die Wolken am Horizont bekamen dicke goldene Säume, und eine Welle von Rot übergoß den Himmel. Auch in das Graugrün des Meeres mischten sich blanke Fäden, und die Höhlungen der brechenden Wellen am Strande füllten sich mit Rosenrot, und plötzlich begann das Meer weiter dem Horizonte zu ganz in Rotgold zu brennen. Knospelius blieb stehen und machte mit seinem langen Arm eine große Bewegung auf das Meer hinaus, als wollte er das Meer vor Doralice ausbreiten.

»Sehen Sie«, sagte er, »das ist nun der allmorgendliche Farbenspektakel. Eine hygienische Maßregel. Die Natur wird ganz rücksichtslos da mit all diesem Rot und Gold überschüttet. Das soll anregen, wie uns die Morgendusche oder der Morgenkaffee. Wenn Sie noch einige Schritte weitergehen wollen, so können wir einen hübschen, ja, ich sage, geradezu einen hübschen Anblick haben.«

So gingen sie denn weiter. Sie kamen an eine Stelle des Ufers, wo eine hohe Sanddüne ganz nah bis an das Wasser herantrat, die Wellen unterspülten sie so, daß die Sandwand teilweise eingestürzt war. Bei hohem Seegang waren große Stücke des Erdreichs abgebröckelt und fortgerissen worden, überall klafften Höhlen und Risse, das alles triefte jetzt von rotem Morgenlicht. Hie und da ragte aus dem hellbeschienenen Sande morsches Holzwerk hervor, das metallisch glänzte, und weiße Stücke, die – »Aber«, rief Doralice, »das ist dort eine Hand.« – »Allerdings«, erklärte der Geheimrat, »das da ist eine Hand und ein Arm, und dort ist ein Schädel hübsch rosa angeleuchtet und in dem verfallenen Sarge dort ein ganzer Mann. Wie Sie sehen, ist dies ein Friedhof, mit dem das Meer langsam aufräumt. Für Friedhofsromantik und Friedhofschauer habe ich wenig übrig, die sind billig. Dies aber gefällt mir. Ein Friedhof, von dem jede Sturmnacht ein Stück abschneidet wie von einem Kuchen, und aus dem Sande gucken dann all diese Stillen heraus und lassen sich den Seewind um die Knochen wehen. Sehen Sie, wie kokett sie sich im Morgenrot färben, die blühen wie die Rosen. Und dann kommt die Sturmnacht und holt sie ab, dann geht es auf die Reise ins Meer hinaus. Aus dem denkbar Engsten und Stillsten in das Weiteste und Lauteste hinein. Das gefällt mir. Wie auf einer Landungsbrücke stehen die hier und warten auf das Schiff, das sie abholt. Das könnte mich reizen. Da ist doch Betrieb. Dem Tode wird hier das Muffige genommen, mit dem man ihn zu umgeben liebt. Nicht?«

Knospelius schaute zu Doralice auf. Sie war ein wenig bleich geworden, sie preßte die Lippen aufeinander und zog die Augenbrauen zusammen. Es sah aus, als sei sie böse. »Nun, es scheint Ihnen nicht zu gefallen«, bemerkte der Geheimrat, »fürchten Sie sich vielleicht? Wir werden ja zur Furcht vor diesen Dingen erzogen.«

»Nein«, erwiderte Doralice, »ich fürchte mich nicht. Dies hier ist sehr seltsam. Nur, ich weiß nicht, ich hätte es vielleicht heute morgen lieber nicht gesehen.«

»So, so«, meinte der Geheimrat, »dann können wir ja gehen. Sie haben übrigens recht, über den Tod und was mit ihm zusammenhängt nachzudenken ist wohl augenblicklich ganz und gar nicht Ihr Beruf.«

Auf dem Rückweg war Doralice schweigsam. Knospelius plauderte behaglich vor sich hin. Die Generalin Palikow, ja, die kannte er. Eine kluge alte Frau, ein wenig alt, und liebte es, die Angelegenheiten anderer Leute fest in ihre Hand zu nehmen. Sie fühlt sich stets verantwortlich für die Angelegenheiten anderer. Der Baron Buttlär, nun – der hat einen wunderschönen blonden Schnurrbart. Wenn er nach Berlin kam, da brauchte er viel Sekt und suchte Abenteuer. Solch ein Schnurrbart verpflichtet eben und macht auch den christlichen Hausvater und Gatten oft unruhig. Die Töchter, übrigens hübsche Mädchen, schmal und biegsam wie Weidenruten. Das ist die moderne Fasson. Junge Mädchen mußten jetzt aussehen wie Arabesken. Er, Knospelius, zog das frühere, das dreidimensionale Format dem heutigen Stile vor.

Doralice hörte ihm mit Abneigung zu. Sie fand jetzt ihren Begleiter unheimlich, und er verdarb ihr den schönen Morgen. Was ging sie die Welt der Buckligen an, sie sehnte sich nach Menschen mit geradem Rücken. Dazu hatte er eine unangenehme Art, so von unten herauf ihr scharf auf die Lippen zu sehen. Doralice verzog die Lippen, als schmeckte sie etwas Bitteres.

Nach Sonnenaufgang hatte sich der Wind gelegt. Das Meer glättete sich und glitzerte weit hinaus. Viele Fischerboote kehrten heim. Von den Dünen liefen die Fischerfrauen zum Strande hinab, schürzten ihre Röcke hoch auf und wateten in das Wasser, um den Männern behilflich zu sein, die Boote auf den Sand zu ziehen. Mitten im Brandungsschaum standen all diese Menschen blank von Wasser und Sonnenschein. »Ah, unsere Fischer«, sagte der Geheimrat. Er trat an eins der Boote heran, begrüßte die Fischer, die er kannte: »Guten Morgen, Andree, guten Morgen, Wardein, nun, hat es sich gelohnt?« – »Bißchen was ist da«, sagte Wardein und wischte sich den Wellenschaum aus dem grauen Bart. Knospelius bückte sich über den Bootsrand, um die Fische zu sehen, die auf dem

Boden des Bootes lagen. Er streifte sich den Rockärmel auf und fuhr mit seinen langen Fingern mitten hinein zwischen die Dorsche mit ihren bleichen Silberleibern, die Butten, die aussahen wie bräunliche Bronzescheiben, an denen wunderlich verzerrte Gesichter sitzen, und die Fülle der kleinen Brätlinge, die blank waren wie frisch geprägte Markstücke. Knospelius kniff ein Auge zu und lachte das Lachen eines ausgelassenen Schuljungen. »Betrieb, auch Betrieb«, sagte er.

Doralice sah ihm einen Augenblick zu, dann wandte sie sich mit einem kurzen »guten Morgen« ab und ging schnell weiter. Jetzt hatte sie Eile, bei Hans Grill zu sein. Da kam er ihr schon entgegen in seinem weißen Leinenanzug, das Badetuch über der Schulter, das Gesicht rot und über und über lächelnd. Wie er sich freut, mich zu sehen, dachte Doralice, und sie fühlte diese Freude wie etwas, das sie plötzlich erwärmte. Hans legte seinen Arm um ihre Taille, nahm sie an sich, wie man sein Eigentum an sich nimmt. Er hatte schon gebadet, er roch nach Seewasser. »Kalt war's«, berichtete er, »aber das liebe ich, wenn die Wellen einen ins Fleisch zwicken, willst du nicht auch baden?« Nein, Doralice wollte später baden.

»Ich weiß, ich weiß«, meinte Hans, »du liebst es, wenn das Meer eine lauwarme Tasse Tee ist. Schön, schön. Aber hungrig sind wir, ich habe Agnes gesagt, daß sie für jeden von uns wenigstens vier Eier bereithalten soll.«

»Was sagte Agnes?« fragte Doralice. Hans lachte: »O die, ihr Gesicht versteinerte sich, und sie meinte, sie habe nicht gewußt, daß adlige Damen so viel essen müssen.«

Viertes Kapitel

Der Tag war sehr heiß. Die Generalin hatte die Strandkörbe auf die Dünen stellen lassen. Dort saßen sie und ihre Tochter und machten Handarbeit. Fräulein Bork ruhte vor ihnen im Sande und zeichnete das Meer. Sie zeichnete immer das Meer, lange leichtgewellte Linien, am Horizont ein Segelboot. Wedig saß neben seiner Mutter und mußte aus Fénelons »Télémaque« vorlesen. Er las ganz eintönig in einer Art klagender Melodie, die wie das Schlummerlied für diese heiße Stunde klang. Er selbst fühlte sich ganz hoffnungslos, scin Feriengefühl war ihm abhanden gekommen. Dieses ewig glitzernde Meer, dieser heiße Sand, der sich an die Finger hing und sie nervös machte, die Ereignislosigkeit, all das schien Wedig gewöhnlicher Alltag und machte ihn weltschmerzlich. Dazu noch dieser Mentor mit seinen endlosen Reden. Wedig wünschte, er hätte ihm die Nase abreißen können. Frau von Buttlär hörte der Vorlesung nur unaufmerksam zu, nur mechanisch warf sie hin und wieder ein zerstreutes »faites les liaisons, mon enfant« hin. Oft griff sie nach ihrem Opernglase, um zum Strande hinabzusehen, wo Lolo und Nini auf und ab gingen und sich abkühlten, bevor sie in das Wasser gingen. In den roten Badeanzügen, weiße Stoffkappen auf dem Kopf, sahen sie wie sehr schlanke Knaben aus, und sie gingen ganz aufrecht, die Beine, ihrer Freiheit ungewohnt, ein wenig befangen und steif bewegend.

»Sagen Sie, Malwine«, fragte die Generalin, »sahen wir in unserer Jugend auch so aus, wenn wir badeten?«

Fräulein Bork kniff das eine Auge zu und lächelte gefühlvoll: »Ach, das ist so hübsch«, meinte sie, »wie kleine rote Silhouetten auf einem grünen Lampenschirm sehen sie aus.«

»Ja, o ja«, versetzte die Generalin, »daß das, was wir in unserer Jugend Hüften nannten, immer mehr abkommt!«

Jetzt gingen die Mädchen in das Wasser, vorsichtig wateten sie durch die Brandungswellen, verschwanden zuweilen ganz im weißen Schaum und warfen sich endlich auf das Wasser, um zu schwimmen, zwei rote Striche in dem weißlichen Grün, das heute die Farbe des Meeres war. Sie waren gute Schwimmerinnen, aber Lolo überholte Nini weit, wunderbar leicht und schnell schoß sie vorwärts, geradeaus, als habe sie ein Ziel.

»Aber wohin will sie«, rief Frau von Buttlär, »warum bleiben sie nicht beisammen? Ich habe ihnen gesagt, sie sollen beisammen bleiben, ich habe ihnen verboten, bis zur zweiten Sandbank zu schwimmen. Lolo! Lolo!« Frau von Buttlär rief und winkte mit ihrem Taschentuche, aber der rote Strich dort drüben fuhr immer weiter ins Meer hinaus. »Ich sage es immer«, klagte Frau von Buttlär, »Lolo hat einen schwierigen Charakter, sie kann nicht gehorchen, ihr Mann wird es schwer haben. Lolo! Lolo!«

»Wer geht denn dort ins Meer?« fragte Wedig und zeigte zum Strande hinab.

»Das«, sagte die Generalin, »muß die Köhne sein.«

»Wo? Was?« rief Frau von Buttlär. »Ach, nenne sie doch nicht Köhne, Mama, sie heißt doch nicht so.«

»Ach was«, meinte die Generalin, »wenn die Leute beständig ihren Namen ändern, kann mein alter Kopf es nicht behalten, und Grill, wer kann sich das merken, das ist nichts.«

Einen Augenblick schwiegen alle und schauten gespannt auf das Meer hinab. Wedig hatte den »Télémaque« fortgeworfen und legte sich platt in den Sand, lag da wie eine Robbe und starrte vor sich hin. Jetzt kam vielleicht doch ein Ereignis.

»Reizend«, bemerkte Fräulein Bork, »marineblau und einen kleinen gelben Dreimaster, und wie sie schwimmt!«

»Sehr schick«, brummte Wedig. Das jedoch erregte aufs neue Frau von Buttlärs Aufregung. »Schweig«, herrschte sie ihren Sohn an, sie stand auf, schwenkte ihr Tuch, rief wieder: »Lolo! Lolo! Aber sie schwimmen ja aufeinander zu, auf der Sandbank müssen sie sich ja treffen. Ach Gott, mein armes Kind!«

»Na setz dich, Bella«, beruhigte die Generalin ihre Tochter, »jetzt ist es nicht zu ändern. Sie wird Lolo auch nicht gleich anstecken.«

»Muß man so etwas erleben«, seufzte Frau von Buttlär und setzte sich kummervoll in den Stuhl zurück. Gespannt folgten alle mit den Augen dem roten und dem marineblauen Punkte dort auf der lichtüberglitzerten Fläche.

»Die Dame ist doch zuerst da«, rief Wedig triumphierend.

»Lolo scheint müde, sie schwimmt langsam«, bemerkte Fräulein Bork; »ah, ah, die Gräfin geht ihr entgegen, sie will ihr helfen.«

»Unerhört«, stöhnte Frau von Buttlär.

»Jetzt reicht sie Lolo die Hand«, meldete Wedig, »ah, jetzt steht Lolo, die Dame legt ihr den Arm um die Taille, und Lolo stützt sich auf ihre Schulter.«

»Dem setzt man sich aus, wenn man so ohne weiteres ins Meer hinausschwimmt«, klagte Frau von Buttlär. Aber die Generalin ärgerte sich: »Bella, du übertreibst wieder, wenn das Kind müde ist vom Schwimmen, so ist es gut, daß jemand ihr die Hand reicht, und das Kind nimmt die Hand und fragt nicht erst: Sind Sie Ihrem Manne auch treu gewesen!«

Lolo stand drüben auf der Sandbank, sie war bleich geworden und atmete schnell: »Oh, ich halte Sie schon«, sagte Doralice, »legen Sie den Arm auf meine Schulter, so wie man beim Tanzen den Arm auf die Schulter des Herrn legt – so. Es war doch ein wenig zu weit, Sie sind das nicht gewohnt.«

»Danke, gnädige Frau«, sagte Lolo und errötete, »jetzt ist mir besser, ich bin das Meer nicht gewohnt, und ich wollte dort immer im Blanken schwimmen, und das war ein wenig zu weit.«

»Nun erholen wir uns noch«, fuhr Doralice fort. »Ja, im Blanken schwimme ich auch gern, die Sonnenstrahlen fahren einem dann so über die Haut wie kleine warme Fische, das liebe ich. Aber wie Ihr Herz schlägt. Zurück schwimmen wir geradeaus, da ist es nur eine kleine Strecke bis zur ersten Sandbank.«

Lolo antwortete nicht, sie dachte nur, würde sie doch noch sprechen. Nach der Anstrengung des Schwimmens kam ein köstliches Behagen über sie. Gern wollte sie lange noch so stehen in dem lauen Wasser, sich schwesterlich an diese schöne geheimnisvolle Frau lehnend, diese seltsam schimmernden Augen, diesen Mund mit den schmalen, zu roten Lippen ganz nahe zu haben. Doralice sprach jetzt von gleichgültigen Dingen, von dem heißen Tage, und daß es am Bullenkruge wenig Schatten gebe und vom Schwimmen, und Lolo hörte ihr zu wie etwas Erregendem, Verbotenem, dessen Schönheit sie, sie allein jetzt plötzlich erkannt hatte.

»Jetzt, denke ich, schwimmen wir«, schlug Doralice vor, und sie warfen sich in das Wasser, schwammen dicht nebeneinander, wandten zuweilen die Gesichter einander zu, um sich anzulächeln. »Geht es?« rief Doralice. »Wir sind gleich da.«

»Oh, es geht, es geht schön«, antwortete Lolo.

Es war fast so bequem, dachte Lolo, als lägen sie beide auf einer grünen Atlascouchette und könnten sich unterhalten. Ja, das war es, sie wollte sich unterhalten. Sie fühlte sich nicht mehr so befangen wie dort auf der Sandbank. Sollte sie fragen, ob es bei Wardeins sehr eng sei? Nein, das war zu unpersönlich, so sagte sie denn: »Gnädige Frau, ich sehe Sie jeden Abend von meinem Fenster aus im Mondschein spazierengehen.«

»So«, erwiderte Doralice und legte sich auf die Seite, um Lolo ansehen zu können, ihr Gesicht war über und über mit flimmernden Tropfen übersät, »das ist dann wohl Ihr Fenster oben im Giebel, in dem ich jeden Abend Licht sehe?«

»Ja«, rief Lolo begeistert zurück. Es freute sie, daß Doralice zu ihr hinaufgeschaut hatte. Nun waren sie angekommen und gingen ans Ufer.

»Es ist hübsch«, meinte Doralice, »so zu zweien zu schwimmen«, und sie reichte Lolo die Hand. Lolo nahm diese kleine feuchte Hand, hielt sie einen Augenblick und führte sie dann schnell an ihre Lippen. »Ich – ich danke Ihnen, gnädige Frau«, sagte sie leise.

»Nicht doch«, wehrte Doralice, beugte sich vor und küßte Lolo auf den Mund.

Von der Düne her aber bewegte sich ein Zug eilig auf Lolo zu. Voran Frau von Buttlär, die unausgesetzt »Lolo!« rief und mit dem Taschentuch winkte, ihr folgte

Fräulein Bork mit dem Badetuche, dann Wedig, die Hände in den Hosentaschen und ein ironisches Lächeln auf den Lippen, und zuletzt die Generalin, erhitzt und ganz außer Atem. Lolo ging dem Zuge ein wenig zögernd entgegen. »Da bist du endlich«, rief Frau von Buttlär, »du bringst mich noch um mit deinen Geschichten.« Lolo ließ sich schweigend in das Badetuch hüllen, man sah ihrem eigensinnigen Gesicht sofort an, daß sie nichts zu ihrer Entschuldigung anführen wollte. Während sie jetzt alle wieder zum Badehause zogen, ging Frau von Buttlär hinter ihrer Tochter her und schalt unausgesetzt: »So etwas kann nur dir passieren, gerade dieser Person in die Arme zu laufen, und geküßt hat sie dich. Wie kommt sie darauf, die freche Person? Und du läßt es geschehen. Von wem wirst du dich nicht noch alles küssen lassen.«

Da wandte Lolo ein wenig den Kopf und sagte entschlossen und eigensinnig: »Sie hat mich geküßt, weil ich ihr die Hand geküßt habe.«

»Du hast ihr die Hand geküßt«, rief Frau von Buttlär, »hat man so etwas gehört, und warum? ich bitte dich. Diese Person, sie ist ja halbnackt, keine Ärmel und die Dekolletage! Aber du hast keinen Stolz, du bist verlobt, du sollst eine ehrliche Frau werden; wir ehrlichen Frauen müssen doch Front machen gegen diese Damen, und du küßt ihnen die Hände. Dein Bräutigam wird sich freuen. Ach Gott, mir ist ganz übel, so schäme ich mich.«

Da legte sich die Generalin ins Mittel, sie schob Lolo in das Badehaus und sagte: »Für jetzt ist es genug, Bella, das Kind ist angegriffen, geschehen ist geschehen, wir werden ihr mit etwas Baldriantee den Kuß der Jasky wieder wegkurieren.«

Zu Hause schickte Frau von Buttlär Lolo sofort zu Bett, sie selbst legte sich auch hin, und Ernestine lief mit Baldriantee treppauf, treppab.

Lolo lag oben in ihrem Zimmer auf ihrem Bett, noch immer bleich, und schaute mit ihren erregten Augen nachdenklich zur Decke auf. Nini saß neben ihr, sie sprach nichts, sondern schaute Lolo nur wartend an. Endlich begann Lolo zu sprechen, langsam und versonnen: »Ja, sie war herrlich, aber das wußte ich, und daß ich sie werde lieben müssen, das wußte ich auch, aber ich wußte nicht, daß sie etwas an sich hat, das einen weinen machen könnte. Ich hatte so das Gefühl im Halse, wie bei ganz rührenden Stellen in Romanen, das ist natürlich deshalb, weil alle so schlecht von ihr sprechen, weil alle so gegen sie sind. Aber ich bin für sie.« – »Ich auch«, sagte Nini.

»Du?« fragte Lolo verwundert. »Du kennst sie ja gar nicht.«

»Das tut nichts«, meinte Nini, »ich war schon für sie den ersten Abend, als ich sie im Mondschein spazierengehen sah. Aber was wirst du jetzt tun?«

»Ich weiß, was ich tun werde«, sagte Lolo ernst. Sie stand auf, setzte sich an ihren Schreibtisch und begann einen Brief zu schreiben. Nini wartete geduldig und fragte dann: »Hast du an sie geschrieben?«

»O nein«, antwortete Lolo überlegen. »Ich habe mir aus der Stadt sehr viel rote Rosen kommen lassen, die werde ich ihr abends durch das Fenster in ihr Zimmer werfen.«

»Und ich«, beschloß Nini, »werde mich so lange üben, bis ich auch zur zweiten Sandbank schwimmen kann, und wenn ich dabei auch ertrinke.«

Fünftes Kapitel

Es folgten Tage mit unbewölktem Himmel und unerbittlichem Sonnenschein. Überall lag dieses heiße grelle Licht, es schwamm und zitterte auf dem Wasser, es sprühte auf dem Sande, erweckte Funken auf den Kieseln und auf den harten Stengeln des Strandhafers und der Seggen.

»Man kann sich vor Licht nicht mehr retten«, sagte Hans Grill. Aber auch die Abende und Nächte brachten weder Kühlung noch Dunkel. Ein leichter Westwind bewegte die Schwüle nur, ohne sie zu mildern. In einem dunstigen violetten Gewölk wetterleuchtete es jeden Abend am Horizont, und dann kam der Mond fast voll, und das Glitzern und Sprühen begann wieder allerorten.

»Man möchte zu dieser ewigen Helligkeit sagen«, bemerkte wieder Hans Grill, »ich will meine Ruhe.«

Allein auch in den Stuben war diese Ruhe nicht zu finden, dort war es zu eng und zu heiß, und die Dunkelheit legte sich über den Schläfer wie eine dicke schwarze Decke. Selbst die Fischer, die sonst mit einbrechender Dunkelheit in ihre Hütten zu verschwinden pflegten, saßen vor ihren Häusern und starrten auf das Meer hinaus. So saßen die Wardeins auf der langen Bank vor ihrer Haustür, alle waren sie da nebeneinander aufgereiht wie Seevögel auf einer Klippe. Die achtzigjährige Großmutter, groß und knochig wie ein Mann, legte ihre seltsam knorrigen Hände flach auf die Kniescheiben, um sie zu kühlen. Wardein rauchte seine Pfeife; seine bleiche Frau hielt das Jüngste an der Brust, und die anderen Kinder saßen da im Hemde und wiegten unruhig die nackten Füßchen. Keiner sprach ein Wort, und alle, auch die Kinder, schauten ernst und geduldig gerade vor sich hin. Wenn das Wetterleuchten drüben eilig den Horizont erhellte, wies Wardein stumm mit der Pfeife zu ihm hinüber. Unten am Strande gingen ganz stille Liebespaare hin, sie gingen mit herabhängenden Armen nebeneinander her, träge die Füße über den Sand ziehend. Was sollten sie sich sagen, hier hatte immer seit Menschengedenken das Meer das Wort, und wozu ihm unnütz dreinreden.

Doralice und Hans wohnten jetzt fast den ganzen Tag in einer Einsenkung der Düne. Hans spannte dort seinen Malschirm aus, breitete eine Decke über den Sand, auf der Doralice liegen konnte, er selbst saß vor seiner Staffelei und malte das Meer. »Das ist das einzige«, behauptete Grill, »wir müssen es machen wie die Hühner, die sich Erdlöcher machen und sich kühlen.«

Doralice schloß die Augen und murmelte, fast zu faul, um die Lippen zu bewegen: »Ganz still liegen, sich nicht bewegen, denn, spürst du das auch? in uns da zittert und flackert es immer so wie der Sonnenschein auf dem Wasser. Das macht müde.«

»Gut, gut, lieg nur still«, sagte Hans väterlich und beruhigend. Sie schwiegen eine Weile, bis Hans seinen Pinsel fortwarf und sich auch auf dem Sand ausstreckte.

»Es will und will nicht werden«, sagte er ärgerlich. Doralice öffnete die Augen und schaute das Bild auf der Staffelei an und meinte: »Warum, es ist ja ganz gut, das ist durchsichtig, das ist grün.«

Hans fuhr auf, erregt und eifrig: »Durchsichtig und grün. Ein Stück Glas ist auch durchsichtig, ein Stück Stoff kann grün sein. Nein, das ist noch kein Meer. Das Meer muß gezeichnet werden, siehst du, nur die Linie hat Bewegung und Leben. Ich kann dein blaues Kleid malen, nichts leichteres als das, aber es so zu malen, daß jeder sieht, du steckst da drin unter dem Blauen, das ist die Kunst. Im Meer steckt eben auch unter dem Durchsichtigen und Grünen etwas, das lebt und sich bewegt, und das ist eben das Meer.«

»Ah, so ist es«, sagte Doralice wieder mit geschlossenen Augen, »mach das doch, Lieber.«

»Machen, machen«, wiederholte Hans, »das ist es eben. Ich möchte wissen, wo, Teufel, mein Talent hingekommen ist, es war doch da.«

»Bin ich daran schuld?« fragte Doralice ruhig und schläfrig.

Hans antwortete nicht sogleich. Er lag da und starrte zum Himmel auf und dachte nach. Ja, wie war das denn? Und er begann langsam zu sprechen, wie zu sich selber: »Schuld, eine Schuld kann da nicht sein, aber das ist es, du nimmst jetzt in mir einen so großen Raum ein, daß das Talent nicht mehr Platz hat. Natürlich, das ist es. Du bist doch in mein Leben hereingekommen wie ein Wunder, und noch bist du jeden Augenblick ein unbegreifliches Wunder. Wie soll da etwas anderes Platz haben. Immerfort ein Wunder zu erleben strengt an.«

»Und glaubst du«, unterbrach ihn Doralice ein wenig gereizt, »es strengt nicht an, immer, den ganzen Tag, ein Wunder zu sein?«

Hans lachte gutmütig: »Laß es gut sein, ich gewöhne mich schon an das Wunder.«

»O wirklich, du gewöhnst dich dran«, warf Doralice ein.

»Sicher«, fuhr Hans fort, »alles, was uns jetzt selbstverständlich scheint, ist einmal ein Wunder gewesen. Du wirst mir auch selbstverständlich werden. Warte nur, bis wir in unserer Ordnung sind.«

Doralice hob ihre Arme hoch über den Kopf empor und streckte sich: »Ach ja, deine Ordnung, nun also erzähle von deiner Ordnung. Ein Häuschen, nicht wahr, damit fängt es doch an?«

»Allerdings ein Häuschen«, begann Hans gereizt, »ein Häuschen irgendwo, sagen wir, in einem Vorort von München, ein Häuschen, das deine eigenste Schöpfung ist, der Ausdruck deines Wesens, dort waltest du. Mein Atelier ist natürlich in der Stadt, ich komme zu Mittag heim, und du erwartest mich –«

»Das weiß ich alles schon«, unterbrach ihn Doralice, »nur möchte ich wissen, was ich den ganzen Vormittag allein gemacht habe.«

»Du hast eben deinen Wirkungskreis«, erklärte Hans, »du hast dein Hauswesen, dem du dein Gepräge gibst.«

Doralice zuckte mit den Achseln: »Ach Gott, ich kann doch nicht den ganzen Vormittag allein dasitzen und dem Hauswesen mein Gepräge geben.«

Hans errötete und machte ein Gesicht, wie jemand, dem es in allen Gliedern ruckt, weil er einen Knoten nicht aufbringen kann: »Allein, warum allein? Da werden doch Menschen sein, wir schaffen uns unseren Kreis, unsere Gesellschaft, wir sind an keine Gesellschaft gebunden, wir sind die Schöpfer unserer Gesellschaft, das ist es.«

Doralice richtete sich ein wenig auf und sah Hans an, und ihre Augen wurden groß und bekamen einen hilflosen, angstvollen Ausdruck: »Menschen«, sagte sie leise, »du weißt doch, ich fürchte mich vor den Menschen.«

Hans konnte sich vor dem schmerzhaften Mitleid, das

diese Augen in ihm erregten, nur retten, indem er sich in Zorn redete. Er schrie ordentlich: »Fürchten, das sollst du nicht, das darfst du nicht, wenn ich da bin; das ist eine Beleidigung für mich, und wir können nicht immer in einer Einsamkeit leben. Ich will nicht, daß wir Ausnahmen sind. Du sollst nicht für mich das Außerordentliche bleiben, nein, du mußt mein Alltag sein, mein tägliches Brot, dann erst besitze ich dich ganz. Und wir müssen leben wie die anderen Menschen und mit den anderen Menschen. Die Welt ist voll guter, herrlicher Menschen, du wirst Frauen finden, großzügige, freidenkende, edle Frauen.«

Doralice hatte sich wieder ruhig zurückgelehnt und die Augen geschlossen: »Diese Frauen kenne ich«, bemerkte sie, »sie tragen Velveteen-Reformkleider und sprechen von objektiv und subjektiv. Zwei frühere Schülerinnen besuchten einmal Miß Plummers, die waren so, und Miß Plummers nannte sie: very clever indeed!«

Hans hatte die Hände voll Strandhafer, den er in seinem Zorn ringsumher ausriß: »Das ist immer so«, sagte er, »du willst mich nicht verstehen. Weil du deine Gesellschaft verlassen hast, glaubst du, es gäbe keine deiner würdigen Menschen mehr. Das ist Hochmut, oder schämst du dich meiner vor den Menschen? Sag, schämst du dich meiner?«

Doralice lächelte mit geschlossenen Augen: »Nein, du bist gut«, erwiderte sie, »du bist mir schon recht, nur deine Frau Grill mit dem Gepräge, die ist mir nicht sympathisch, die möchte ich lieber nicht kennenlernen.«

»Aber du mußt sie kennenlernen«, rief Hans, »wenn du mich willst, mußt du auch Frau Grill wollen, ich trete für sie ein, ich werde nicht erlauben, daß du sie hochmütig beiseite schiebst. Aber so geht es immer, wir reden und reden, als ob der eine auf der ersten Sandbank steht und der andere auf der zweiten. Und keiner versteht, was der andere sagt, und wir rufen uns nur immer: was? was? zu.«

Hans war aufgesprungen, er stand vor Doralice und sah sie an. Wie ruhig sie dalag in ihrem gelben Sommerkleide, das heiße Gesicht ganz umflimmert von dem blonden Haar, wie ein friedlich schlafendes, ganz junges Mädchen sah sie aus. Nur das Zucken des Mundes mit den schmalen, zu roten Lippen sprach von einer Erregung, die in ihr wach war. Weiß sie denn nicht, was ich leide? dachte Hans. Er drückte seinen Strohhut tiefer in die Stirn und lief die Düne hinab an das Meer. Ins Wasser gehen, schwimmen, das war in solchen Augenblicken noch das einzige, was er tun konnte.

Hans Grill hatte nie erwartet, daß das Leben ihn verwöhne, er hatte sich tapfer genug mit Not und Widerwärtigkeiten herumgeschlagen; aber er hatte ihm vertraut, er hatte es zuweilen hart gefunden, aber nie unverständlich. Alles Unklare in der Welt wurde sofort klar, wenn Hansens zwanzigjähriger Egoismus es zu sich selbst in Beziehung brachte, und alle Rätsel lösten sich, wenn er ihnen die Frage stellte: bist du für oder gegen Hans Grill? Jetzt aber verstand er nicht mehr. Etwas war in sein Leben gekommen, das es ihm selber fremd machte, als lebte es ein anderer für ihn. Mädchen, und was man so Liebe nennt, waren ihm schon früher begegnet, und so etwas verwirrt zuweilen, man begeht Torheiten, aber verständlich war das und ging schließlich hübsch glatt in das allgemeine Erleben auf. Man mußte nur fest und ein wenig rücksichtslos zugreifen. »Stramm halten, dann verfitzt es sich nicht«, pflegte Hansens Großmutter zu sagen, die für Geld Strümpfe strickte, wenn der kleine Hans vor ihr saß und die Baumwollsträhnen zum Abwickeln hielt. Aber diese Frau hier, warum mußte er sie so schmerzhaft begehren, jetzt, wo er sie besaß? Warum hatte er nie das ruhige, glückliche Gefühl des Besitzes, warum mußte er, wenn er sie am festesten hielt, stets fürchten, sie zu verlieren? Alles in ihm war voll von dieser Frau, und doch war sie ihm fern. Er verstand nicht, er verstand nicht, und es blieb ihm nichts übrig, als wie ein Raubtier knurrend seine Beute festzuhalten, damit niemand sie ihm entreiße. Hans hatte sich entkleidet und ging langsam durch die Brandung in das Meer hinein. Ich will es schon erzwingen, dachte er ingrimmig, ich will sie schon in das Hans Grillsche umrechnen.

»Ich habe die Ehre«, hörte er eine Stimme neben sich. Unter einer brechenden Welle wie unter einer grünen Glaswölbung stand Knospelius in gelbem Badetrikot. Nun ging die Welle über ihn nieder, verbarg ihn hinter einem weißen Schaumvorhang, gleich darauf tauchte er wieder auf, schüttelte sich, nickte und sagte: »Von Knospelius. Ich habe schon die Ehre gehabt, Ihre Frau Gemahlin zu begrüßen.« Hans verbeugte sich steif.

»Heiße Tage«, fuhr der Geheimrat fort, »man kann nicht genug vom Baden haben. Sonst ein hübscher Aufenthalt hier. Nur ein wenig mehr Geselligkeit wäre zu wünschen. Es fängt doch an, sich zu beleben hier. Baron Buttlär kommt nächstens mit seinem künftigen Schwiegersohn.«

»Ach, meine Frau und ich sind nicht eben gesellig«, erwiderte Hans und schaute neugierig auf das große, bleiche Knabengesicht nieder. Knospelius lachte. »Ich weiß, ich weiß, Flitterwochen, les jeunes mariés. Einer charmanten Frau dienen, das ist die Beschäftigung der Beschäftigungen. Jeder normale Mensch hat sie oder sucht sie. Alles andere ist daneben nur Nebenbeschäftigung. Aber ein alter Junggeselle wie ich, der nur Nebenbeschäftigungen hat, muß sich an die Geselligkeit halten. So ein winziges Norderney sollten wir hier gründen. Ich erlaube mir, bei Ihnen nächstens meine Aufwartung zu machen.«

»Ich glaube«, meinte Hans, »die meisten suchen hier die Einsamkeit.« Während er sprach, verschwand der Geheimrat unter einer Welle wie eine Maus in der Ackerfurche. Als er wieder auftauchte, hob er dozierend seinen langen Finger und sagte: »Das sind immer die heitersten Gesellschaften, die aus lauter Leuten bestehen, welche die Einsamkeit suchen. Jetzt muß ich hinaus, mein Klaus erwartet mich bereits.«

Er verbeugte sich förmlich und ging dem Strande zu, wo ein sehr großer, ernster Mann mit einem Badetuche seiner harrte.

Hans zuckte die Achseln. Was will der wieder? dachte er. Lauter ganz unwahrscheinliches Zeug hängt sich jetzt an einen. Er ging weiter, begann dann zu schwimmen, schwamm weit auf das Meer hinaus. Das tat wohl. Da war nichts Unverständliches, man regt kräftig Arme und Beine, durchschneidet das Wasser und bleibt immer oben und kümmert sich um all die dunklen Tiefen nicht, die unter einem liegen.

Das Bad hatte Hans gutgetan; er fühlte sich seiner selbst sicherer und hatte wieder das Vertrauen, daß er es schon machen würde. Als er zur Düne emporstieg, fand er Knospelius bei Doralice. Er hörte schon von weitem, wie sie lachten. Wieder der, dachte Hans mit jenem ärgerlichen Gefühl, das wir zu haben pflegen, wenn eine Fliege sich uns immer wieder auf die Nase setzt. Der Geheimrat saß auf Hansens Malstuhl und sprach angeregt. Doralice hatte sich aufgerichtet, stützte sich auf ihren Ellenbogen, das Gesicht über und über rosa, hörte ihm zu mit dem liebenswürdigen, ein wenig befangenen Ausdruck, den junge Frauen haben, die zum ersten Male in ihrem Salon empfangen.

»Sie sehen«, rief der Geheimrat Hans entgegen, »ich mache mit der Geselligkeit gleich den Anfang. Ich habe Ihrer Frau Gemahlin eben ein Kompliment über die Lebenslage gemacht. Famos! Für einen Maler geradezu unbezahlbar. Der gelbe Sand, der gelbe Batist des Kleides, das goldene Haar, eine Symphonie in blond. Nicht?« – »Ja, hm«, knurrte Hans.

»Jetzt aber muß ich gehen«, fuhr Knospelius fort und kletterte von seinem Stuhl herab. »Ich will noch einen Besuch bei Buttlärs machen. Zum Abschied noch un mot pour rire. Die Frau von Lossow mit den sieben Töchtern, Sie kennen sie, sagte mir, als Karoline, die dritte, sich mit dem nationalliberalen Doktor Krapp verlobte: ›Es tut mir leid, wir Lossows waren immer konservativ, aber wenn man so viel Töchter zu verheiraten hat, kann man sich nicht nur an eine Partei halten.‹ Was? Nett? Blockpolitik in der Familie.« Er lachte selbst herzlich über seine Anekdote, und, was Hans wunderte, Doralice lachte auch darüber. Konnte sie das unterhaltend finden?

Als der Geheimrat gegangen war, streckte Hans sich schweigend auf dem Sande aus. Auch Doralice schwieg eine Weile. Sie starrte zum Himmel auf und lächelte noch immer das liebenswürdige Gesellschaftslächeln.

Lächelt sie noch immer über die Geschichte des Buckligen? dachte Hans. Endlich sagte sie: »Warum bist du so unfreundlich gegen den Kleinen?«

»Was will er denn von uns?« fragte Hans verdrießlich.

»O nichts, glaube ich«, meinte Doralice, »er will sich unterhalten. Bist du eifersüchtig auf ihn? Er ist doch nur eine groteske Nippfigur.«

Hans fuhr auf: »Ich bin überhaupt nicht eifersüchtig. Das gibt es unter freien Menschen nicht. Für eine Liebe, die ich bewachen muß, danke ich. Nein, aber diese kleine Exzellenz ist für mich ein Stück deiner Vergangenheit, deiner Gesellschaft, die sich wieder an dich herandrängen, sich wieder zwischen dich und mich stellen will, das ist es.«

»Meine Gesellschaft«, erwiderte Doralice, etwas Müdes in der Stimme, »die drängt sich gewiß nicht an mich heran. Die kleine Buttlär, dort auf der Sandbank, welch ein seltsames Gesicht sie machte, ein Gesicht, als habe sie ein ganz verwegenes, ganz verbotenes Abenteuer zu bestehen.«

»So laß sie doch alle«, rief Hans, faßte Doralice bei den Schultern und drückte sie an sich mit einer zornigen Leidenschaftlichkeit, »die gehen uns alle nichts mehr an.«

»O ja«, erwiderte Doralice, »ich lasse sie, und sie lassen mich.«

Die Sonne ging unter, das strenge Licht schmolz, wurde zu roten und violetten Dunstschleiern, ehe es erlosch. Dann gab es, ehe der Mond höher stieg, eine kurze Zeit des Zwielichts, das den Augen wohltat. Aber diese bleiche Dämmerung legte über das grau werdende Meer eine unendliche Einsamkeit, das Meer wurde ernst und traurig.

»Warum sprichst du nicht?« fragte Hans Doralice, während sie wie jeden Abend Arm in Arm den Strand entlang gingen.

»Ich weiß nicht«, antwortete Doralice, »um diese Zeit ist die Luft immer so sorgenvoll.«

»Wir haben keine Sorgen«, entschied Hans mit Nachdruck.

»Nein, wir haben keine Sorgen«, wiederholte Doralice, »ich fürchtete schon, du würdest sagen: Freie Menschen haben keine Sorgen.«

»Und wenn ich das gesagt hätte?« Doralice lachte: »Du siehst, heute ist kein glücklicher Sprechtag. Sobald wir zu sprechen anfangen, streiten wir uns.«

»Oh, das tut nichts«, erklärte Hans, »was in uns ist, muß heraus, das gibt Vertrauen.«

Doralice wiegte müde den Kopf. »Ach, das ist so umständlich. Weißt du, um sich ganz zu verstehen, müssen wir es so machen wie die da vor uns.« Sie wies auf ein stilles Liebespaar hin. Der Bursch und das Mädchen wiegten ihre schweren Körper wohlig hin und her, schwenkten taktmäßig die herabhängenden Arme. Doralice ließ Hansens Arm los. »Ganz so wie die«, sagte sie. Und nun gingen sie auch nebeneinander her, wiegten sich in den Hüften, schwenkten die Arme und schwiegen. Allein, als sie eine Weile so gegangen waren, blieb Hans stehen. »Nein, das geht nicht«, sagte Hans, »wenn du so still neben mir gehst, glaube ich, du denkst etwas Unfreundliches von mir oder du hast etwas gegen mich.«

»Schade«, meinte Doralice, »es war so schön. Ich fing schon an zu fühlen, daß ich ganz so wurde wie das Mädchen da. Gerade als du zu sprechen anfingst, wollte ich stehenbleiben, den Mund weit aufmachen und auf das Meer hinausgähnen, ho ho ho, ganz wie das Mädchen vorhin. Denken, man denkt ja überhaupt nicht, wenn man so geht, und daher versteht man sich.«

Nein, nein, Hans wollte das nicht. »Tun wir etwas«, schlug er vor, »da ist der Mond. Soll ich dich wieder nehmen und über die Wellen halten, oder sollen wir aufs Meer hinausfahren, oder sollen wir heute nacht Wardein auf den Fischfang begleiten? Tun, tun, siehst du, das fehlt uns.«

Aber Doralice hatte heute zu nichts Lust, und so schlugen sie den Heimweg ein.

Als sie zu Hause in ihr Wohnzimmer traten, fanden sie, daß Agnes die Lampe nicht angezündet hatte. Das Zimmer war voller Mondschein, und ein starker, sehr süßer Duft schlug ihnen entgegen. Auf dem hellbeschienenen Fußboden aber lag es wie eine dunkelrote Lache. »Sieh doch, Rosen, lauter Rosen«, rief Doralice. Sie kniete vor den Rosen nieder, beugte sich ganz auf sie hinab, griff nach ihnen, hatte beide Arme voll von ihnen, drückte ihr Gesicht in sie hinein, als wollte sie sich in ihnen baden. An einem der Sträuße hing ein Papierstreifen, auf dem »Lolo« stand.

»Oh, sieh doch«, sagte Doralice, »die kleine Lolo hat mir all die Rosen durch das Fenster geworfen, das gute Kind.« Da fühlte sie, daß Hans sie von hinten um die Taille faßte, sie emporhob, sie heraushob aus allen Rosen, und sie hörte ihn leise und grimmig sagen: »Jetzt kommen sie durch alle Fenster zu uns herein. Laß sie und ihre dicken Rosen, was sollen wir damit.« Doralice lehnte ihren Kopf gegen seine Schulter: »Ach ja«, sagte sie wie mutlos, »nimm mich fort von ihnen«, und aus ihren schlaff werdenden Armen fielen die Rosen wie ein dunkelroter Strom schwer auf den Fußboden nieder.

Sechstes Kapitel

Im Bullenkruge waren die Herren angekommen. »Jetzt wird das Leben bei uns ganz freiherrlich«, sagte Ernestine. Die große Abendtafel auf der Veranda nahm einen feierlichen Anstrich an. Fräulein Bork hatte sie mit einem Strauß ein wenig sandiger Ziererbsen und Mohnblüten geschmückt. Die Generalin ging aufgeregt ab und zu und fragte immer wieder: »Liebe Malwine, wird mein Schwiegersohn auch Eis für seine Erdbeerbowle haben? Werden die Spargeln auch weich genug sein? Sie kennen doch meinen Schwiegersohn.« Fräulein Bork lächelte ihr geheimnisvolles, zerstreutes Lächeln und erwiderte: »Frau Generalin, die Spargeln sind himmlisch.« Bei der Mahlzeit saß der Baron Buttlär zwischen seiner Schwiegermutter und seiner Frau, er strich seinen langen blonden Schnurrbart, schüttelte vor Behagen leicht seine breiten Schultern und war sehr liebenswürdig, sehr anregend, erzählte mit lauter, klingender Stimme Geschichten, die allgemein interessieren sollten, und Frau von Buttlär interessierte sich sehr angelegentlich für diese Geschichten. Die eingefallenen Wangen leicht gerötet, war sie heute nicht mehr nur die besorgte Mutter, die sich selber ganz vergißt; etwas von der Gesellschaftsdame, ja fast etwas Kokettes war heute in ihrem Wesen. Unten am Tisch saß die Jugend, und

Leutnant Hilmar erzählte Geschichten, über die Wedig und Nini so laut lachten, daß Frau von Buttlär ein strenges »Aber Kinder!« hinüberrufen mußte. Hilmar, schlank und schmalschultrig, im hellen Sommeranzug, sah fast wie ein Knabe aus, allerdings wie ein auffallend hübscher Knabe. Durch das sehr dichte schwarze Haar bahnte sich der Leutnantsscheitel nur mühsam seinen Weg. Über der Stirn saß eine dicke schwarze Locke, wie neapolitanische Burschen sie zu tragen pflegen. Die regelmäßigen Züge des bräunlichen Gesichtes hatten das zu Scharfe, ein wenig Gespannte, wie es sich bei sehr alten Rassen zuweilen findet. Die dunklen Augen waren sehr lebhaft, es ging beständig in ihnen etwas vor, es sprühte zuweilen in ihnen so, daß man deutlich goldene Pünktchen über den schwarzen Sammet der Iris hinfahren sah. »Keine Disziplin in den Augen«, hatte der Onkel General von dem Hamm gesagt.

Als die Erdbeerbowle kam, wurde Baron Buttlär ganz der feine Genießer. Er zündete sich seine Havanna an, trank einen Schluck Bowle, warf einen Blick auf das mondbeglänzte Meer und ließ ein jedes verständnisvoll auf sich wirken. Er wurde gefühlvoll: »Mondschein und Meer, Mondschein und Meer«, sagte er und wiegte sachte seinen Kopf, »da kann man gefühlvoll werden, ja, da muß man gefühlvoll werden. Das Meer macht immer Eindruck. Die Unendlichkeit ist eben die Unendlichkeit, nicht wahr?« Alle schwiegen einen Augenblick und sahen das Meer an. Dann aber lenkte Frau von Buttlär das Gespräch auf ihr Gut zurück. Sie sprach so gern von ihrem Vieh, ihren Milchmädchen, ihren Hühnern und ihrer Butter. Ihre Gedanken kehrten immer wieder zu dieser fetten Wohlhabenheit zurück.

Unten am Tische wurde die Jugend unruhig. Nini und Wedig erklärten, auf die Düne gehen zu wollen, und sie taten geheimnisvoll. Sie hatten eine neue Beschäftigung gefunden. Jeden Abend machten sie, wie sie es nannten, Jagd auf die Gräfin. Es kam darauf an, Doralice zu begegnen. Auch das Brautpaar wollte zum Meere hinabgehen: »Ich muß Steine auf dem Meere springen lassen«, sagte Hilmar, »erst wenn ich ihm ein Dutzend Steine ins Gesicht geworfen habe, kriege ich ein Verhältnis zu ihm.«

»Der hat keine Ruh, der muß immer etwas vorhaben«, sagte Baron Buttlär und schaute dem Brautpaar wohlwollend nach. Frau von Buttlär jedoch seufzte und meinte: »Das macht mir oft Sorge, er ist so waghalsig. Beim letzten Rennen ist er doch wieder gestürzt.«

»Hitzig ist er«, bestätigte der Baron, »er reitet gut und anfangs auch vernünftig, aber dann kriegt er es mit der Leidenschaft, die teilt er dem Pferde mit, das Pferd übernimmt sich, und der Unfall ist da.«

»Ich kann mir wohl denken, daß der Leutnant seine Leidenschaft anderen mitteilen kann«, ließ Fräulein Borks verträumte Stimme sich vernehmen; allein die Generalin wies sie zurecht: »Von Pferden ist die Rede, Malwine, bitte.«

Frau von Buttlär machte noch immer ihr besorgtes Gesicht und sagte: »Ich habe Hilmar verboten, ein Pferd oder ein Auto mitzubringen, und wenn er segelt, fährt Lolo nicht mit. Solange ich über das Kind zu wachen habe, soll er es nicht umbringen.«

»Umbringen«, rief der Baron gutgelaunt, »sag, Mama, als du mir Bella gabst, hattest du auch das Gefühl, daß du sie sozusagen in einen Abgrund hinabstürztest?«

»Abgrund vielleicht nicht«, erwiderte die Generalin, »aber daß ich sie auf einen Luftballon setze, von dem man nicht weiß, wohin der Wind ihn wehen wird.«

»Bitte, bitte«, rief der Baron Buttlär, »ein sehr lenkbarer Luftballon, das weiß Bella gut«, und er lachte über seinen Witz sehr laut und sehr lange, länger vielleicht, als es nötig gewesen wäre. Allein das Gefühl, das geistvolle Haupt der Familie zu sein, das Heiterkeit um sich verbreitet, tat ihm wohl.

Fräulein Bork hatte nicht mitgelacht, sie schaute noch immer nachdenklich dem Brautpaare nach und sprach dann aus ihren Gedanken heraus: »Ich finde den Leutnant herrlich, er sieht aus wie der Page einer spanischen Königin oder wie der Page in dem Lied, der am Brunnen auf die Königstochter wartet: Ich bin vom Stamme jener Asra, die da sterben, wenn sie lieben.«

»Was? Was?« fuhr die Generalin auf. »Was ist das, Asra? Wer stirbt, wenn er liebt? Die Hamms nicht. Die kenne ich, die gewiß nicht. Liebe Malwine, reden Sie solches Zeug der Lolo nur nicht vor, das Kind neigt ohnehin zur Überspanntheit.«

»Ach ja«, klagte Frau von Buttlär, »auch wieder eine große Sorge. Denke dir, Buttlär«, und nun berichtete sie mit bekümmerter Stimme die Geschichte von Doralice, der Sandbank und dem Kuß. »Was sagst du dazu, Buttlär«, schloß sie, »ich habe die ganze Nacht nicht schlafen können.«

Der Baron wurde ernst und zog sinnend seinen Schnurrbart durch die Finger. »So, hm! Die Gräfin Köhne hier, eine süperbe Frau übrigens. Das war eine böse Geschichte. Der Graf hat einen Schlaganfall gehabt, und seine Schwester, die Gräfin Benedikte, pflegt ihn. Sehr traurig! Nun, gesellschaftlich kommt diese Dame nicht mehr in Betracht, aber sie hat uns einen Dienst erwiesen, so kann ich ihr gelegentlich dafür danken.«

»Du?« rief Frau von Buttlär. »Warum? Wozu?«

»Höflich kann man trotz allem gegen sie sein«, wandte der Baron ein, aber seine Frau war sehr erregt: »Ich habe es gleich gewußt«, sagte sie, »diese Person ist als schwere Prüfung für mich hergesandt.«

Unten am Strande ließ Hilmar unermüdlich Kieselsteine über das Wasser springen. Lolo stand dabei und schaute ihm mit ernsten, blanken Augen zu. Als er endlich müde war, nahm er Lolos Arm, und sie schlenderten langsam das Meeresufer entlang.

»So«, sagte Hilmar, »jetzt verstehe ich das Meer. Es ist heute übrigens mit seinem Mondschein und allem dem sehr programmäßig, und du, Schatz, bist erst recht programmäßig.«

»Schade«, meinte Lolo, »ein Programm ist nie was Überraschendes.« Hilmar lachte: »Willst du mich überraschen? Wozu? Nein, unsere Bräute sollen nicht Überraschungen sein, sondern hübsche Notwendigkeiten.«

Als sie an den Fischerhäusern vorübergingen, begann auch Lolo von Doralice zu sprechen, erzählte ihr Abenteuer, erzählte von dem Kuß und den roten Rosen. »Ach, die durchgebrannte kleine Gräfin ist hier«, sagte Hilmar, »nun, es ist gut, daß sie dich gerettet hat, aber sag, warum sprichst du von ihr mit einer so gerührten Stimme, als sei sie etwas Heiliges? Durchgebrannte Gräfinnen sind doch wohl nichts besonders Heiliges.«

»Weil sie mich rührt«, entgegnete Lolo erregt. »Ich weiß selbst nicht, warum. Vielleicht weil sie so schön und doch nicht gut ist. Vielleicht aber, wenn jemand so schön ist, muß man ihn lieben, aber sie tut etwas weh, diese Liebe. Ich glaube, wenn einer sich in die Gräfin verliebt, dann muß es schmerzen.«

»Nun, nun«, beruhigte Hilmar sie, »wird es denn so arg sein mit dieser Schönheit?«

»So zum Beispiel«, fuhr Lolo fort, »mich zu lieben, ist da nichts, gar nichts Schmerzhaftes dabei, sag?«

»Nein, gar nichts«, versicherte Hilmar, »im Gegenteil, wenn man dich liebt, fühlt man sich riesig gut, riesig vornehm. Ich merke das jedesmal, ich werde da fast verlegen vor mir selber. Als Kind wurde mir am Sonntage ein blauer Sammetkittel angezogen, ein weißer Spitzenkragen umgelegt, und das Haar wurde mit einer Pomade glattgestrichen, die stark nach Orangenblüten duftete. Und wenn ich so angezogen war, fühlte ich mich so fein, so vornehm, daß ich mich vor Andacht vor mir selber kaum zu rühren wagte.«

»Und ich«, rief Lolo enttäuscht, »ich bin für dich wie der blaue Sammetkittel und die Orangenblütenpomade.«

»Und der Sonntag«, ergänzte Hilmar, »ja, so ähnlich. Aber wer kommt denn dort?«

»Das ist sie«, flüsterte Lolo.

Ihnen entgegen kamen Hans und Doralice. Als sie aneinander vorübergingen, nickte Doralice lächelnd Lolo zu, die beiden Herren grüßten förmlich. »Nun?« fragte Lolo, sobald sie vorüber waren.

»Gewiß, allerdings«, sagte Hilmar, »ein schönes Kindergesicht mit einem merkwürdig schicksalsvollen Munde.«

Lolo schwieg eine Weile, dann wiederholte sie sinnend: »Ein schicksalsvoller Mund, das hast du gut gesagt, ich suche lange schon einen Ausdruck für diesen

Mund. Es muß seltsam sein, einen schicksalsvollen Mund zu haben, ich kann mir das denken, ja, ich fühle das jetzt so deutlich, so stark, daß ich überzeugt bin, ich habe in diesem Augenblicke auch einen schicksalsvollen Mund. Küsse mich jetzt, und du wirst sehen.« Sie blieb stehen und hielt ihr ernstes, vom Monde hellbeschienenes Gesicht hin, und als Hilmar sie geküßt hatte, fragte sie gespannt: »Nun?«

Hilmar schüttelte den Kopf: »Von Schicksal keine Spur. Mehr ein friedlicher Pfingstsonntag auf dem Lande.« Lolo zuckte die Achseln und seufzte. »Nein, warte«, fuhr Hilmar fort, »es ist doch anders; dich hier vor dem Meere zu küssen, kommt mir wie eine kolossale Frechheit vor. Es ist so, als sähen alle fünf Weltteile uns zu, das ist ein eigentümliches Gefühl.«

»Nein, das will ich nicht«, rief Lolo und machte sich von ihm los.

Siebentes Kapitel

Der nächste Tag war ein Sonntag. Die Generalin und Frau von Buttlär saßen in ihren Strandkörben und lasen Andachtsbücher. Zuweilen hob Frau von Buttlär den Blick und schaute auf den hellbeschienenen Strand und auf das Meer hinab, das heute blau und golden und ruhig wie ein Teich war. Plötzlich blieben ihre Augen an zwei bunten Figürchen hängen, die dort an der gelben Dünenwand entlanggingen. Doralice im türkisblauen Sommerkleide, einige von Lolos roten Rosen im Gürtel, unter einem roten Sonnenschirm, ging neben dem Baron Buttlär her. Der Baron schien lebhaft zu sprechen, und seine ganze Gestalt, seine Art zu gehen drückten höfliche Liebenswürdigkeiten aus. Frau von Buttlär schlug mit der flachen Hand auf ihr Buch und sagte: »Da haben wir's.« Auch die Generalin hatte aufgesehen und meinte: »Nun, er hat es eilig mit dem Dank.« – »Dank«, rief Frau von Buttlär, »der war überhaupt nicht nötig. Ich verstehe Buttlär nicht. Er hat eine Frau, hat erwachsene Töchter und kompromittiert uns so. Was kann diese Person ihm bieten? Was will er von ihr?«

»Nichts, nichts«, beruhigte die Generalin, »er kann eben das Kokettieren noch nicht lassen. Es ist immer dieselbe Geschichte, wenn ihr heiratet, wollt ihr hübsche Männer haben, aber ein hübscher Mann konserviert sich länger als unsereins, der bringt keine Kinder zur Welt, er schont sich mehr, und da dauert die Lust am Kokettieren länger als bei uns.«

»Aber Mama«, protestierte Frau von Buttlär entrüstet, »die Ehe ist doch zu heilig, als daß solche Dinge in Betracht kämen.«

»Die Ehe, meine Liebe«, versetzte die Generalin, »ist vielleicht sehr heilig, aber unsere Männer sind es nicht. Übrigens wird es da unten immer bunter.«

Hilmar und Lolo kamen Arm in Arm von der anderen Seite den Strand entlang, und als sie Doralice und Herrn von Buttlär begegneten, blieben sie stehen, und es fand eine Begrüßung statt. Von einer anderen Seite erschienen Hans Grill und der Geheimrat und gesellten sich zu der Gruppe. Es war hübsch, wie diese Menschen in dem grellen Sonnenschein beisammenstanden, wie die hellen Farben der Kleider, das Rot und das Blond der Haare auf dem Hintergrunde der gelben Düne blühten und leuchteten. Frau von Buttlär fand nicht mehr die Kraft des Zorns, sie war zu bekümmert: »Was soll man da machen, Mama?« fragte sie kläglich. – »Liebes Kind«, sagte die Generalin, »da gibt es nichts anderes als die Führung behalten. Du mußt mit dieser Dame in irgendein Verhältnis kommen. Wenn so was Verbotenes, zum Beispiel eine Dame, von der vor uns nicht gesprochen werden darf, in der Nähe ist, das macht die Männer toll. Kennen wir diese Dame auch so halbwegs, dann verliert sie viel von ihrem Reiz. Also.«

»Ich glaube, ich werde das nie können«, klagte Frau von Buttlär, »bin ich nicht eine geplagte Frau? Bisher der Kampf mit den Gouvernanten und jetzt diese.«

Unten löste die Gruppe sich auf, man grüßte und trennte sich. Frau von Buttlär sah ihrem Mann ernst und kummervoll entgegen. Als er jedoch vor ihr stand, schaute sie auf ihr Buch nieder und schwieg. Herr von Buttlär aber fühlte das Bedürfnis, schnell und gezwungen heiter zu sprechen. Nun hatte er also das Unglück des Ortes kennengelernt, Gott, es sah nicht so schlimm aus, aber im Ernst, es war besser so, hier konnte man sich ja doch nicht vermeiden, und das mußte auf die Dauer peinlich werden, nun grüßte man sich, sprach miteinander auf neutralem Boden. Hier in dem weltabgeschiedenen Winkel war das ohnehin nicht kompromittierend. Von eigentlichem Verkehr ist ja ohnehin nicht die Rede, nicht wahr? Frau von Buttlär sah jetzt auf und fragte, als hätte sie das Gesagte nicht gehört: »Lesen wir heute keine Predigt?« – »Gewiß, meine Liebe«, rief Herr von Buttlär, »ist es denn schon Zeit? Also gehen wir.« Die Familie begab sich in den Bullenkrug zurück, im Wohnzimmer versammelte man sich, und Herr von Buttlär las eine Predigt vor. Es wurde allgemein bemerkt, daß seine Frau während der Predigt weinte.

Während des darauffolgenden Mittagessens drückte eine düstere Stimmung auf die Anwesenden. Herr von Buttlär mußte Anstrengungen machen, um eine Art Unterhaltung in Fluß zu halten. Er wandte sich dabei ausschließlich an Fräulein Bork und sprach über Literatur. Er verurteilte den Realismus in der Literatur. Kunst soll doch erfreuen, nicht wahr. Das Leben war doch gewiß nicht heiter genug, um so einfach abphotographiert zu werden. Da seine Frau bei diesen Worten seufzte, wechselte er schnell das Thema und sprach vom Kaiser.

Der Sonntagnachmittag war sehr heiß, gelber Sonnenschein in den weißgetünchten Zimmern und über dem sandigen Gärtchen. Die Damen zogen sich zurück. Herr von Buttlär saß im Wohnzimmer hinter seiner Zeitung und schlummerte, und das Brautpaar ging auf der Veranda auf und ab.

»Bitte, Schatz«, sagte Hilmar, »sieh mich nicht so erwartungsvoll an, das heißt, du hast ein Recht, mich so anzusehen, denn du hast ein Recht zu erwarten, daß ich angenehm und unterhaltend bin. Aber ich weiß nicht, dieser Sonntagnachmittag lähmt mich.«

»Armer Hilmar«, meinte Lolo ein wenig spöttisch, »den ganzen Tag im blauen Sammetkittel zu stecken.«

»Unsinn, Unsinn«, rief Hilmar, »es ist nur eine Stimmung. Ich habe Sonntagnachmittage nie recht vertragen. Komm, setzen wir uns in den Schatten, und ich lehre dich Pikett spielen.«

Erst gegen Abend wurde es im Hause lebhafter. Die Generalin kam in das Wohnzimmer, ließ ihre laute, energische Stimme erschallen und weckte mit ihr das verschlafene Haus. Dann erschien auch Frau von Buttlär, sie hatte Toilette gemacht und einen Hut mit Kornähren und Mohnblumen aufgesetzt. Sie war noch sehr ernst. Sie zog sich ihre Handschuhe an und sagte ihrem Gemahl: »Reich mir deinen Arm, Buttlär, und wir wollen gehen, den Sonnenuntergang bewundern. Wo sind die Kinder? Lolo, Nini, Wedig?« Sie mußten alle kommen, und die Familie zog paarweise zum Strande hinab. »Bravo, Bella!« sagte die Generalin. »Immer die Führung behalten.« Wedig jedoch grollte. »Das soll ein Vergnügen sein. Nicht einmal der Gräfin werden wir begegnen, die geht um diese Zeit nicht spazieren.«

Am nächsten Morgen kam Hilmar erhitzt und mit sprühenden Augen zum Frühstück. Er war schon weit herum gewesen, hatte Bekanntschaft mit den Fischern gemacht. Famose Leute! Da war ein Andree Stibbe, ein blonder Riese mit ganz hellblauen Augen, so hell wie schlechte Milch. Wenn der einen anschaute, war es, als sähe einen ein sehr hochmütiger Dorsch an. Hilmar hatte mit ihm über ein Boot zum Segeln gesprochen, er wollte auch mit ihm auf den Fischfang hinausfahren. Übrigens hatte Stibbe für nächste Zeit einen Sturm versprochen. Auch den Maler hatte Hilmar gesehen, der schien ein braver Bursch zu sein. Seine schöne Frau ging gerade baden in einem sehr bemerkenswerten marineblauen Badekostüm. Endlich hatte er noch mit der Exzellenz Knospelius gesprochen, ein äußerst interessanter Herr. Er interessiert sich sehr für das Gesellschaftsleben hier; er will ein Fest geben, so was wie eine italienische Nacht. Sein Diener, ein unheimlich ernster Wiedertäufer, klebt schon die Papierlaternen dazu. »Klaus ist«, sagt die Exzellenz, »sehr brauchbar für das, was er unsere Sünden nennt.« Lolo hatte aufmerksam zugehört und sagte ergeben: »Wenn du so viel auf das Meer hinausfährst, werde ich wohl auf der Düne sitzen müssen und dir nachschauen.«

»Wieso, wieso?« rief Hilmar. »Das ist doch nur für die Zwischenzeiten, und du weißt, es gibt Zwischenzeiten, Zeiten, in denen ich langweilig bin, in denen du nichts mit mir anfangen kannst. Dann segle ich hinaus. Übrigens steht schon in der Bibel so was davon, daß die Frau zu Hause bleibt und der Mann vor den Toren berühmt ist.« – »Dieses Tor merk dir, mein Kind«, meinte die Generalin, »das wird in deiner Ehe noch oft auftauchen.«

»Aber ich fahre mit«, meldete sich Wedig unten am Tisch. Seine Mutter sah ihn mitleidig an. »Du, mein armer Junge, nein, du bleibst zu Hause.«

Da ging eine seltsame Veränderung in dem Knaben vor. Sein bleiches Gesicht mit den kränklichen, zu feinen Zügen errötete, seine Augen füllten sich mit Tränen, und mit leidenschaftlich sich überschlagender Stimme begann er zu sprechen: »Ich bleibe immer zu Hause, ich darf nie etwas, ich hocke immer abseits, warum? Was ist mit mir? Bin ich ein Krüppel? Was sollen die Leute davon denken? Ich bin ja lächerlich. Gestern begegnete mir die Gräfin, ich grüße, sie bleibt stehen und fragt: ›Baden Sie auch?‹ Ich sage ja, aber ich kann ihr nicht sagen, ich darf nicht ins Meer hinein, ich nehme warme Seebäder.«

»Wedig, geh auf dein Zimmer«, sagte Frau von Buttlär. Wedig war wieder sehr bleich geworden, er stand auf und ging, steifbeinig vor Trotz, hinaus. Am Tische entstand ein Schweigen, alle waren über den Zwischenfall betroffen. Endlich sagte Frau von Buttlär sorgenvoll: »Ich weiß nicht, woher meine Kinder alle das überspannte Wesen haben.«

»Meine Liebe«, versetzte Herr von Buttlär und legte seine Hand zärtlich auf die Hand seiner Gattin, »die Genialität haben sie jedenfalls von dir.« Die Generalin lachte. »Nun ja«, meinte sie, »es ist das Wetter, das euch alle zu genial macht, aber das Barometer fällt, Gott sei Dank.«

Achtes Kapitel

Tun, tun, hatte Hans Grill gesagt, und so fuhren sie denn mit Wardein bei Nacht auf den Fischfang hinaus. Der Mond stand hoch am Himmel, das Meer war ruhig, nur von einem sanften, langatmigen Auf- und Abschwellen bewegt, wie über ein gläsernes Hügelland glitt das Boot hin. Wardein saß am Steuer und rauchte. Zwei blonde rundköpfige Burschen, Mathies und Thomas, ruderten; unförmig in ihren dicken Jacken, bogen sie sich taktmäßig hin und her. Doralice war auf einem Klappstühlchen eingerichtet worden, fest in Decke und Mantel gehüllt. Hans saß neben ihr auf der Bank. Alle schwiegen, nur ab und zu gab Wardein ein Kommando, das wie ein tiefes Brummen klang. Die Ferne war von einem feinen silbernen Lichtnebel verhangen, aber Doralice glaubte diese unendliche Weite zu fühlen, wie sie die dunkle Tiefe unter sich zu fühlen meinte, und beide, die Tiefe und die Weite, legten sich bedrückend auf sie, wie etwas, das ihr den Atem benahm, sie ängstigte, das ihr die Empfindung des Verlorenseins und der Einsamkeit gab. Warum sprachen alle diese Männer nicht?

Warum saßen sie da, still in ihre Mäntel gehüllt, die Hutkrempen auf die Gesichter niedergebogen wie dunkle, fremde Traumgestalten? Da beugte sich Hans zu ihr nieder, drückte ihre Hand und fragte: »Wie geht es?« – »Gut«, erwiderte sie und lächelte, es sollte niemand wissen, daß sie sich fürchtete, aber der Händedruck, die ruhige, freundliche Stimme taten ihr gut, gaben ihr ein wenig Sicherheit wieder. Und Hans, als fühlte er das, sprach weiter, fragte Wardein: »Fahren wir dort zu den Butten hinüber?« – »Ja, ja, zu den Butten«, brummte Wardein, »die liegen dort unten im Sande.« – »Aha«, meinte Hans, »die wühlen sich dort in den Sand ein und warten auf ihre Beute, die flachen Luder.« Die Burschen auf der Ruderbank begannen laut und rauh über die Butten zu lachen, Doralice lachte auch mit. Die Nacht war schwül, Mathies wurde es beim Rudern zu heiß, er wollte sich die Jacke ausziehen. Hans erbot sich, für ihn zu rudern, und nun standen sie auf, gingen im Boot hin und her wie in einer Stube, Mathies zog sich die Jacke aus, stand in Hemdsärmeln da, stützte den einen Fuß auf den Bootsrand, spuckte in das Meer und pfiff leise vor sich hin. Und wie sie sich alle um sie her so ruhig und gewohnt bewegten, als seien sie hier mitten auf dem Meer zu Hause, da wich auch von Doralice das bedrückende Angstgefühl, ja, es war köstlich zu spüren, wie sie allmählich in diese Welt als etwas Zugehöriges aufgenommen wurde. Es war ihr, als würde etwas in ihrer Brust sehr weit und sehr stark, als könnte sie ihren Atem auf den Takt des stillen, flimmernden Wogens um sie her einstellen, und ein kindisches Gefühl des Stolzes, des Hochmutes machte sie froh. Zu denen zu gehören, die hier auf dem Meere zu

Hause sind, die sich nicht fürchten, erschien ihr als etwas sehr Wichtiges und Großes. Hier und da tauchten jetzt andere Boote auf, sehr groß und schwarz in dem unsicheren Lichte. Wardein rief etwas hinüber, von drüben wurde geantwortet, einer schien sogar einen Witz zu machen, denn Thomas und Mathies lachten. Die Boote waren jetzt einander ganz nahe, es waren drei, die im Halbkreise hinruderten, die Männer machten sich an den Netzen zu schaffen und sprachen miteinander von Boot zu Boot. Plötzlich mischte sich in diese Stimmen, die jedes Wort mit einem tiefen Brummen besser hallen ließen, eine hohe, scharfe Stimme, die hier seltsam fremd klang, als spräche sie eine andere Sprache. Das ist der Leutnant von Hamm, sagte sich Doralice, und diese Entdeckung war ihr unangenehm, es empörte sie fast, als sei ein Unbefugter dort eingedrungen, wo die Berechtigten beieinander waren.

Im Boot begannen die Männer sich zu regen, das große Netz wurde vorsichtig in das Wasser hinabgelassen, das andere Boot wurde angerufen und ihm ein Seil zugeworfen. Im bewegten Wasser sprühte es wie silberne Flämmchen, im Netze hingen glitzernde Tropfen. Mathies hatte sich die Hemdsärmel aufgestreift, um im Wasser zu arbeiten, wenn er die nackten Arme emporhob, rann es silbern an ihnen nieder. Doralice wickelte sich fester in ihren Mantel, alle Angst und Erregung waren fort, sie fühlte sich sicher und behaglich. Eine leichte Müdigkeit machte ihr die Augenlider schwer, und wenn sie die Augen schloß, war es ihr fast wie als Kind, wenn sie in ihrem Bette lag und im Halbschlaf noch die Erwachsenen um sich her hantieren oder sprechen hörte, was dem Kinde stets ein wohliges Gefühl der Geborgenheit gegeben hatte. Schlug sie dann wieder die Augen auf, dann war die Weite voll weißen Lichtes in ihrer großen und kühlen Schönheit immer von neuem wieder eine wohltuende Erschütterung, immer wieder fühlte da Doralice, wie die engen, heißen Schranken des Ich sich verwischten und lösten, wie es auch in ihr weit und kühl wurde. Und es war hübsch, dieses Wechseln der Bilder, einmal im Halbtraum vertraute Gesichter und Räume der Kindheit, dann wieder das mondbeglänzte Meer. Einmal, als sie die Augen öffnete, waren die anderen Boote nah herangekommen, die Männer riefen und sprachen, das Netz wurde eingezogen, Doralice hörte einmal auch wieder die unpassende Stimme des Leutnants, die Fische schnalzten und klatschten in den großen Körben im Boot. Es wurde dann wieder still, und man fuhr weiter. Nach einiger Zeit fand Doralice, daß es dunkel geworden war, der Mond mußte untergegangen sein, Sterne standen am Himmel, und in der Finsternis regte sich das Meer wie eine sacht bewegte schwärzere Finsternis. Doralice wußte nicht, wie lange sie so gefahren waren, aber als sie wieder einmal die Augen öffnete, stand ein weißer Schein am Horizont, und ein graues Dämmern lag über dem Wasser. Ein stärkeres Wehen ließ sie frösteln, alles Behagen war plötzlich hin, das graue Dämmern machte das Meer und den Himmel streng und nüchtern. Mathies und Thomas ruderten angestrengt, die Jacken über die Schultern geworfen, die Brust nackt, und stark atmend. Es schien sich um ein Wettrudern mit dem Boot nebenan zu handeln. In den Körben flüsterten und schnalzten fette, blanke Fischleiber. Hans stand im Boot, hielt einen großen Dorsch an den Kiemen, wog ihn und lachte ihn an. Scharen von Möwen kamen geflogen, groß und weiß im unsicheren Lichte, und stießen schrille, gierige Rufe aus. Wie gewaltsam das alles war. Welch ein starkes, rücksichtsloses Leben das alles atmete, zu stark für Doralice, es machte sie plötzlich ganz schwach, es machte sie krank, der Geruch des Seewassers, der Fische, der feuchten Fischerjacken, all dieses Fleisch der Männer und feisten Fische bedrückte sie, sie wurde ganz bleich. Da entstand ein Hin- und Herreden zwischen ihrem und dem Nachbarboot. Die Boote wandten sich einander zu, lagen nah beieinander. Leicht und gewandt über den Bootsrand balancierend, sprang Hilmar in das Boot, stand neben Doralice und lachte. »Ein Morgenbesuch«, sagte er. Hans nickte ihm zu und zeigte ihm den Dorsch, den er noch immer an den Kiemen hielt. »Ja, ja, so etwas ist schön«, meinte Hilmar, »das war ein gesegneter Zug.« Dann setzte er sich auf die Bank Doralice gegenüber. »Es hat Sie auch ein wenig angegriffen, gnädige Frau, wie ich sehe.« Doralice zog die Augenbrauen zusammen, als sie abweisend antwortete: »Das macht wohl die Beleuchtung.«

»Gewiß, gewiß«, bestätigte Hilmar höflich, »eine kritische Stunde.« Da es schien, daß Doralice schweigen wollte, schwieg auch er und zündete sich eine Zigarette an. Unter der niedergebogenen Krempe seines Filzhutes sah sein Gesicht mit den scharfen, gespannten Zügen, den schwarzen unruhigen Augen sehr bleich, fast kränklich aus. Es war etwas Überfeinertes, Schwächliches an der ganzen Gestalt, das Doralice in diesem Augenblick gefiel, das ihr das Gefühl gab, einen Kameraden der eigenen Schwäche zu haben, und der süße Duft der ägyptischen Zigarette schien wie ein Stück Luft einer Welt, die ihr befreundet war. Jetzt soll er weitersprechen, dachte sie, daher lächelte sie und sagte: »Sie sehen übrigens auch ein wenig aus, als hätte es Sie mitgenommen, oder ist es auch die Beleuchtung?«

»Nein, nein, es ist schon was daran«, erwiderte Hilmar, »es ist vielleicht traurig, es sollte vielleicht nicht sein, weil es nicht natürlich ist. Stibbe fühlt nichts davon, aber die große Natur macht uns betrunken, und Trunkenheit greift an, was Sie, gnädige Frau, natürlich nicht wissen können.«

Doralice nickte: Ja, ja, so was mochte es wohl sein.

»Und doch«, fuhr Hilmar fort, froh darüber, daß er zum Sprechen ermutigt wurde, »es ist nicht nur Trunkenheit, es ist – – es ist – geradezu eine große Verliebtheit, was wir dieser Natur gegenüber empfinden, ganz genau, es ist dieselbe Unruhe, dasselbe quälende Gefühl, ganz eng dazu zu gehören, und was die Hauptsache ist, der starke Wunsch zu imponieren, denn, wenn wir verliebt sind, wollen wir imponieren, das ist symptomatisch für den Zustand. Man hat ja seine Erfahrungen.«

»Sie sind ja auch verlobt«, schaltete Doralice ein.

»Gewiß, das auch«, fuhr Hilmar fort, »aber sehen Sie, gnädige Frau, vorhin im Boot war der Trieb in mir, zu imponieren, so stark, dem Meere zu imponieren oder den Fischern, gleichviel, denn die sind doch die Repräsentanten des Meeres, daß ich auf die Spitze des Bootes stieg und dort frei balancierte. Ich bin in solchen Künsten ziemlich geübt. Meinen Zweck erreichte ich nun zwar nicht, denn Andree Stibbe sagte trocken: ›Wenn der Herr bei den Faxen ins Wasser fällt, wer anders muß ihn herausholen als wir.‹ Mein Effekt war verfehlt. Aber ich habe das tun müssen.«

»Das ist seltsam«, sagte Doralice nachdenklich.

»Nicht so seltsam«, meinte Hilmar, »der Spielhahn, wenn er ein Rad schlägt und kollert, will auch dem Walde und der Wiese imponieren, ebenso wie der kleinen grauen Henne, und er ist ebenso in den Wald und die Wiese verliebt wie in die kleine graue Henne.«

Doralice lachte: »Das ist hübsch, ja, ja, man möchte gern dabeisein, dazu gehören.«

Hilmar verbeugte sich ein wenig: »Sie, gnädige Frau, sehen ganz aus, als gehörten Sie hier dazu. Sie sehen in dieser Natur vollständig reçue aus.«

Doralice errötete und ärgerte sich, daß sie das tat, Hilmar aber schloß mit einem Seufzer: »Ach ja, wenn alles so schön um uns her ist, fühlen wir ein brennendes Bedürfnis, auch dekorativ zu sein.«

Das Boot fuhr jetzt durch die Brandung über weiße Schaumhügel in graugrüne Wellentäler. Hans kam und setzte sich neben Hilmar auf die Bank. Er rieb sich die Hände und schien sehr vergnügt. »Das war eine Nacht, herrlich, herrlich, was sagst du, Schatz? Du frierst, was? Sie scheinen auch zu frieren, Baron, ja, so ein Morgen auf dem Meere! Zu Hause machen wir uns einen warmen Tee, der wird guttun. Trinken Sie nicht mit uns eine Tasse, Baron? Nicht wahr, Schatz, du machst uns doch Tee?«

Doralice schaute Hans ein wenig verwundert an, sagte aber dann: »O gewiß.« Hilmar verbeugte sich.

Jetzt stieß das Boot auf den Sand, und man begann auszusteigen. Hans nahm Doralice auf den Arm und trug sie ans Land. Von den Dünen aber schossen mit flatternden Tüchern und Röcken wie gierige Möwen die Fischerfrauen auf die Boote zu.

In der Wohnstube eilte Hans zur Lampe, um sie an-

Alice (Marie Bäumer)

Villa am Strand

Baron von Buttlär (Matthias Habich) mit seinen Kindern Lolo (Kati Eyssen), Nini (Melina Hennen) und Wedig (Frederik Abrahams) und dem Leutnant, Lolos Verlobten (Florian Stetter)

Alice und Lolo

Baronin von Buttlär (Sunnyi Melles) mit ihrer Mutter, der Generalin (Monica Bleibtreu)

Die Generalin

Der Leutnant, Lolo, Baronin von Buttlär und die Generalin

Ausfahrt

Der Maler (Sebastian Blomberg)

Alice und der Geheimrat (Christian Grashof)

Der Leutnant und Alice

Baron von Buttlär

zustecken. »Nur kein Morgengrauen«, sagte er. Dann richtete er den Teekessel her, trug Tassen, trug Rum herbei. »So, so, das wird guttun, warmen Tee, ja, den haben wir verdient, das will ich meinen, den haben wir redlich verdient.« Er sprach eifrig vor sich hin, als wollte er mit der Gemütlichkeit seiner Worte sich und die anderen erwärmen: »Setzen Sie sich, meine Herrschaften, setzen Sie sich.« Sie saßen um den Tisch herum und hörten schweigend dem Summen des Teekessels zu, mit den starr vor sich hin sehenden Augen sehr müder Menschen. Endlich glaubte Hilmar etwas sagen zu müssen und bemerkte: »Es war doch wunderschön.« – »Es war so schön«, erwiderte Doralice und zog ihre Augenbrauen empor, »daß man lieber gar nicht davon spricht.« Das klang abweisend, fast feindselig. Sie nahm es Hilmar jetzt übel, daß er ihr dort im Boot so willkommen gewesen war. Hilmar lehnte sich in seinen Stuhl zurück und rauchte. Aber Hans lachte. »Sehen Sie, so macht es meine Frau immer, wenn ihr etwas sehr gefällt, dann darf nicht gesprochen werden, das ist dann heilig, und kein anderer darf es berühren. Nun, nun, gib uns Tee.«

Doralice schenkte die Tassen voll. Der heiße Dampf und der starke Duft des Tees schienen die Müdigkeit noch schwerer zu machen, alle schwiegen wieder eine Weile. Endlich seufzte Hans und sagte: »Immerhin ist es schade, daß man nach einer solchen Nacht eine Art Katzenjammer hat, den Katzenjammer der Weite. Das Land erscheint einem unerträglich eng. Dann ist es schon besser, seine Höhle dunkel zu machen und sich darin zu verkriechen.«

»Naturgesetz, dieses Ab und Zu der Gefühle«, murmelte Hilmar zerstreut.

»Und doch«, fuhr Hans fort, »ich fühle eine seltsame Befriedigung, und warum? Weil wir so viel Fische gefangen haben. Das ist doch ein greifbares Resultat einer Arbeit. Wenn ich einen fetten Dorsch halte, so weiß ich, was ich habe. Wenn ich ein Bild male, weiß ich denn, ob es etwas ist oder nicht?«

»Und erst ich«, unterbrach ihn Hilmar, »wenn ich eine Stunde Rekruten gelehrt habe, sich wie Holzpuppen zu bewegen, wie soll ich da Befriedigung über ein Resultat fühlen?«

»Ach ja«, meinte Hans und gähnte, »es ist schade, daß das Leben so selten bar zahlt.«

Es entstand wieder eine Pause. Doralice war auf ihrem Sessel eingeschlafen, das Gesicht, sehr bleich mitten in den blauen Schatten des Morgens, erhielt von der friedlichen Hilflosigkeit des Schlafes eine wunderbar kindliche Schönheit. Die beiden Männer saßen jetzt ganz still da und schauten andächtig auf dieses schlafende Gesicht. Endlich erhob sich Hilmar, reichte Hans die Hand und flüsterte: »Ich gehe, die Sonne kommt.« Dann ging er leise hinaus.

Draußen war es schon taghell, über dem Horizont schossen die ersten goldenen Strahlen empor. Hilmar ging sehr schnell, er wollte zu Hause sein, ehe die Sonne da war. Er wunderte sich über sich selber. Warum fühlte er sich elend? Die kleine Lolo hatte wohl recht, diese Frau war so schön, daß man traurig wurde, oder wie sagte doch der Maler: »Katzenjammer der Weite, in dem das Land und das Tageslicht uns eng scheinen.« Die arme kleine Lolo, Hilmar konnte nichts dafür, aber wenn er jetzt an sie dachte, schien es ihm, als habe sie etwas vom Lande und vom Tageslicht an sich.

Neuntes Kapitel

Der Geheimrat von Knospelius kam zum Fünfuhrkaffee in den Bullenkrug. Behaglich saß er an dem langen Tisch auf der Veranda, über dem die Blätterschatten der rankenden Bohnen flirrten. Es duftete nach den Sträußen von Erbsenblüten und nach frischem Brot. Schmunzelnd schaute Knospelius auf die Reihe der jungen Gesichter am unteren Ende des Tisches. »Familienmahlzeit, Familientisch«, sagte er zur Generalin, und sein langer Mund sprach diese Worte aus, als schlürfte er eine Auster. »Das ist für mich ein seltener, aber exquisiter Genuß. Bei meiner Schwester in Thüringen habe ich zuweilen diesen Genuß. Eine Familienmahlzeit hat etwas Sakramentales. Sie ist, möchte ich sagen, das Fundament der Familie. Solange es mit der Familienmahlzeit gut steht, kann es mit der Familie nicht schlecht stehen.«

»Nun«, meinte die Baronin Buttlär, »wir haben Gott sei Dank noch andere Fundamente.«

»Mein Schwager«, fuhr der Geheimrat fort, »sagte zu meiner Schwester: ›Karoline, sollte ich vormittags sterben, so ist gar kein Grund, daß an dem Tage nicht ebenso pünktlich gegessen wird wie sonst, sonst wird die Verwirrung nur erhöht.‹ Nicht wahr, ganz wie auf den großen Passagierdampfern, denen was zugestoßen ist und auf denen bis zum äußersten Augenblick das Diner regelrecht serviert wird. Es ist gleichsam das Symbol der moralischen Ordnung.« Der Baron Buttlär nickte ernst und sagte: ja, die Familie überhaupt sei doch die Grundlage des Staates, die Familie und der Grundbesitz, und er brachte das Gespräch allmählich auf Steuern und auf

Branntwein. Allein der Geheimrat ging nicht darauf ein, er wollte heute seinen Erfolg am unteren Ende des Tisches bei der Jugend haben. Er erzählte Anekdoten und schaute dabei zu den jungen Leuten hinüber, ob sie auch lachten. Später dann kam er mit seinem Anliegen heraus. Er wollte morgen ein kleines ländliches Fest feiern und hoffte, die Herrschaften würden vollzählig dazu erscheinen. »Die Veranlassung dieses Festes«, sagte er, »ist mein Geburtstag. Na ja, das Älterwerden mag ja seine guten Seiten haben, aber zum Feiern wäre ja schließlich keine Veranlassung. Diese Welt hier zwar ist recht fragwürdig, allein besondere Eile herauszukommen hat man nicht, denn erstens ist das Programm dessen, was nachher kommt, nicht recht klar, und zweitens bleibt es uns ja ohnehin. Nein, ich feiere das Datum meiner Geburt, denn das Geborenwerden ist doch der merkwürdigste Augenblick unseres Lebens und von unübersehbaren Folgen. Sehen Sie, eine Welt ohne Knospelius und eine Welt mit Knospelius, das ist für mich ein gewaltiger Unterschied.«

Zufrieden über seine Auseinandersetzung schaute er Nini an, die darüber errötete.

»Was Sie da sagen, liebe Exzellenz«, bemerkte die Generalin, »ist gewiß sehr klug, aber mit der Religion scheint es dabei denn doch auch ein wenig unklar zu stehen.«

Knospelius zuckte mit seinen zu hohen Schultern: »Nun, deshalb hat der Staat mich vielleicht zum Rechnen und nicht zum Predigen eingesetzt. Aber ich komme auf mein Fest zurück, da ist nämlich ein kleiner Umstand zu erwähnen. Da ist das Ehepaar Grill. Ich kann es nicht vermeiden, dieses Ehepaar einzuladen. Ich hoffe, es wird niemanden stören.«

»Allerdings«, meinte die Baronin Buttlär und zog die Augenbrauen empor, »dieses Ehepaar scheint für uns unvermeidlich zu sein, unser unvermeidliches Schicksal.«

Knospelius lachte. »Schicksal, sehr gut. Nun, diese kleine Frau ist kein grausames Schicksal. Und dann, wenn wir die Vergangenheit auf sich beruhen lassen, jetzt sind die Verhältnisse ja korrekt. Sie haben sich in London trauen lassen.«

»So? In London«, bemerkte die Generalin, »davon hört man jetzt oft, eine neue Erfindung. Es scheint, daß in London die Trauungen schneller gemacht werden, auch so moderne Fabrikware.«

Knospelius zuckte die Achseln. »Hausarbeit, meine Gnädige, wird eben selten. Ich darf also annehmen, daß mir meine Grills zugestanden sind.«

Die Baronin Buttlär lehnte sich in ihren Stuhl zurück und seufzte: »Ich sage nichts. Achtung vor der Londoner Trauung habe ich nicht, und die Vergangenheit kann ich nicht auf sich beruhen lassen. Aber es scheint, daß das altmodische Ansichten sind.«

Der Baron Buttlär ärgerte sich darüber. »Liebe Bella«, sagte er gereizt, »du mußt zugestehen, daß diese Leute uns bisher nicht belästigt haben, einen Gruß, einmal ein freundliches Wort und dann schließlich so ein Landpartienverkehr –«

»Landpartienverkehr, bravo!« rief der Geheimrat, »das ist das Wort, da haben wir die Formel. Die Hauptsache ist, für jede Lebenslage eine Formel zu finden, das andere findet sich dann schon. Also mein Fest ist gesichert. Ich darf die Herrschaften morgen nachmittag erwarten. Im Birkenwäldchen, bei der Zibbe Waldhüterei. Das Meer ist ausgeschlossen, denn das Meer ist nicht gemütlich.

Sie werden sehen, es wird alles sehr harmonisch verlaufen.« Und vergnügt rieb er sich die langen, bleichen Hände.

Am Nachmittage des folgenden Tages zogen die Einwohner des Bullenkruges zur Zibbe Waldhüterei hinauf. Voran die Generalin im weitläufigen weißen Pikeekleide und einem großen Strohhut über dem erhitzten Gesicht. Lolo und Nini trugen weiße Kleider und meergrüne Bänder. Der Sonnenschein vergoldete die weißen Birkenstämmchen, die vom Seewinde alle landeinwärts gebogen dastanden wie Jungfrauen, die nach vorn geneigt ihre grünen Schleier über das Gesicht wallen lassen. Der Geheimrat empfing seine Gäste; für die Generalin und die Baronin waren Korbstühle da, für die anderen lagen Polster auf der Erde, und ein weißes Tischtuch war über das Heidekraut gebreitet worden. »Nehmen Sie Platz«, sagte der Geheimrat und rieb sich die Hände, »der Kaffee kommt gleich, die jungen Damen helfen mir ein wenig bei der Bewirtung, meine Kolombinen, ha, ha!«

Klaus servierte den Kaffee, sehr korrekt in einen schwarzen Rock geknöpft, ernst und traurig. Die Unterhaltung wollte nicht recht in Gang kommen; man sprach von Birken im allgemeinen, dann sprach der Baron Buttlär von Branntwein und Monopol; Hilmar saß einsilbig und zerstreut neben Lolo und machte Ringe aus dem Rauch seiner Zigarette. Mücken tanzten im roten Sonnenstrahl, und der Duft des warmen Heidekrautes und der warmen Birkenblätter machte die Menschen schläfrig. Wedig gähnte und äußerte zu Nini: »Nun könnten sie auch kommen.«

»Wen erwartest du?« fragte die Baronin Buttlär streng. Allein, es war klar, alle empfanden dies Beisammensitzen nur als Vorspiel. Nun, und dann kamen sie den Hügel herauf, Hans voran, gefolgt von Doralice, die bleich und ernst war. Sie hatte nicht kommen wollen, aber Hans war heftig geworden. »Wenn sich die Leute vor uns fürchten, bitte, bitte, wir brauchen uns vor niemand zu fürchten.« So hatte sie denn ihr blaßviolettes Musselinkleid angezogen, das Zeitlosenkleid, wie sie es nannte, hatte die rote Korallenschnur um den Hals gelegt, den großen schwarzen Hut aufgesetzt und war mitgekommen. Der Geheimrat war ein wenig aufgeregt, als er seine neuen Gäste empfing, sie vorstellte, ihnen Plätze anwies, nach Kaffee rief. Doralice saß neben der Generalin noch immer sehr bleich und still wie ein junges Mädchen, das ruhig wartet, bis es von den älteren Leuten angesprochen wird.

»Schönes Wetter«, sagte die Generalin, »es ist gut, daß Sie sich auch herausgemacht haben. Wir sehen Sie immer baden, Sie schwimmen mir ein bißchen zu kühn.« Während die Generalin mit ihrer mütterlichen Stimme unbefangen fortplauderte, schwiegen die anderen, die Baronin Buttlär errötete, Fräulein Bork lächelte verzückt, und die beiden Mädchen richteten ihre grellen braunen Augen unverwandt auf Doralice, öffneten die Lippen, man sah es, die Bewunderung für die schöne Frau benahm ihnen ein wenig den Atem. Dann mischte der Baron Buttlär sich plötzlich in die Unterhaltung, munter und galant. Er wandte sich ausschließlich an Doralice und sprach ziemlich unvermittelt von Paris und dem Bois de Boulogne. Auch Hilmar wurde lebhafter, er erzählte Nini und Lolo etwas, machte sie lachen; er legte Wert darauf, daß es an seiner Ecke lustig zuging. Der Geheimrat, der sich mit Hans unterhielt, blickte zufrieden auf die Gesellschaft, in die jetzt Leben zu kommen schien.

Hinter den Birken erscholl eine dünne, hüpfende Musik. Der Strandwächter spielte Harmonika und der lahme Schneider des Dorfes die Geige. Der Geheimrat sprang auf und rief: »Ich bitte, mit dem Tanz zu beginnen. Baron Buttlär, ich bitte, den Ball, die fête champêtre zu eröffnen. Die Sonne geht unter, also richtige Beleuchtung. Baron Hamm, bitte, nicht zu vergessen, daß die Geselligkeit des Deutschen Reichs auf dem Leutnant beruht.« Baron Buttlär führte seine Frau zum Tanz, die sich ein wenig sträubte. »Aber Buttlär, wir, die Alten.« Hilmar tanzte mit Lolo, und Wedig, dunkelrot im Gesicht und so erregt, daß es aussah, als wollte er weinen, bat Doralice um einen Tanz. Die Paare drehten sich dort auf einem freien Platz; rotes, sachte zitterndes Licht drang durch die Bäume und überflutete sie. Hinter den Birken aber schien etwas zu brennen, es war das Meer im Glanze des Sonnenunterganges.

»Sehr hübsch«, sagte Knospelius zur Generalin, während er das Bild vor sich mit einer fast gierigen Aufmerksamkeit betrachtete; »das muß Stimmung in die Gesellschaft bringen. Nichts taugt besser dazu als der Tanz. Man spricht nicht, man denkt nicht, man verständigt sich mit den Füßen, das löst die richtige Elektrizität aus.«

»Was für eine Verständigung, was für Elektrizität?« meinte die Generalin, »Ich freue mich, wenn die Jugend heiter ist, aber Ihre Verständigungen und Elektrizität brauchen wir nicht.«

»Und dann«, fuhr der Geheimrat sinnend fort, »ich habe bemerkt, wenn in unsere Gesellschaft mal ein fremdes Element kommt, ein Outsider, das wirkt erregend wie Zitronensäure auf Soda. Ein jeder sieht im Fremden ein Publikum. Aha! Der Baron tanzt mit unserer Frau Gräfin. Wie siegesgewiß er lächelt. Und unser Maler macht sich an die Frau Baronin, bravo! Das Brausepulver ist komplett.«

»Ihre kleine Köhne«, versetzte die Generalin, »ist soweit ein liebes und nettes Ding. Schade um sie.«

»Wieso schade?« fragte Knospelius. »Es wird jetzt vielleicht etwas Wertvolleres aus ihr, als der alte Köhne je gemacht hätte.« Aber die Generalin wollte davon nichts wissen. »Ach, liebe Exzellenz, unsere Frauen, wenn die mal so ganz offen aus Reih und Glied treten, dann finden sie auch keinen Halt mehr. Das ist so wie bei dem Kettenstich auf der Nähmaschine; trennen Sie einen Stich auf, dann geht die ganze Naht los.«

Der Geheimrat lächelte: »Das spricht nicht für den Kettenstich. Aha! Es kommt zur Quadrille, sehr gut. Der Walzer hat Stimmung gemacht. Sehen Sie doch, wie ausdrucksvoll, wie vielsagend die Beine der Herren geworden sind.«

Die Quadrille war allerdings sehr lebhaft. Hilmar tanzte mit Doralice, ihnen gegenüber Lolo mit ihrem Vater. Doralices Gesicht war ganz rosa, und sie lachte, wenn sie mit Hilmar en carrière, wie er sagte, über den rotbeschienenen Sand hinlief. Das Tanzen, diese Menschen, all das gab Doralice das Gefühl, als stünde sie wieder in jener Welt, die sie jetzt ein Jahr schon nur noch aus ihren Träumen kannte. Sie vergaß, daß sie hier fremd war, und genoß es gedankenlos, lustig zu sein, wie einst auf den Gesellschaften, wenn sie sich von ihrem Gemahl nicht beaufsichtigt fühlte. Und welch ein handlicher, bequemer Kamerad der Lustigkeit war doch so ein Leutnant, man tanzte mit ihm so selbstverständlich bequem, als hätte man das ganze Leben schon miteinander getanzt. Man sprach und lachte mit ihm so mühelos, als hätte man schon ein ganzes Leben miteinander gesprochen und gelacht.

»Grand rond, s'il vous plaît«, schnarrte Hilmar. Man faßte sich bei den Händen, in der Abendsonne schien es, als erröteten alle Gesichter, dann kam die Promenade, von Hilmar angeführt, eine wilde Promenade zwischen den Birkenstämmen hindurch, über das Heidekraut hin.

»Unser Leutnant steht auf der Höhe seiner Aufgabe«, sagte Knospelius, »aber die Stimmung darf nicht verrauchen. Jetzt muß gleich gesungen werden, ein Volkslied, etwas ganz Herzbrechendes natürlich.«

Als die Quadrille zu Ende war und alle wieder auf den Polstern saßen, war die Sonne untergegangen, unter den Bäumen begann es schnell zu dämmern, von der Seeseite kam ein Wehen, fuhr in die Birken und ließ sie erregt flüstern. Unten aber rauschte das Meer jetzt lauter. Knospelius erhob sich, streckte seinen langen Arm aus, schlug den Takt und stimmte mit lauter, gefühlvoller Stimme an:

»Mei Mutter mag mi nit
Und kei Schatz hab i nit.
Ei, warum sterb i nit?
Was tu i denn?«

Alle sangen mit, selbst die Generalin, die Mädchen falteten die Hände im Schoß, schauten mit den blanken Augen gerade vor sich hin und ließen ihre scharfen Sopranstimmen klagend in die Dämmerung hinausschallen. Doralice tat es auch wohl, sich von der eigenen Stimme in ein weiches, gedankenloses Behagen wiegen zu lassen. Ja, gedankenlos, denn sie spürte es wohl, da waren so einige kleine widerwärtige Gedanken, die nur darauf lauerten, hervorzukriechen. So der Gedanke an die verlegene und herablassende Art, mit der die Baronin Buttlär zu ihr gesprochen hatte, die Art, mit der Familienmütter auf Wohltätigkeitsfesten zu fremden Schauspielerinnen zu sprechen pflegten, oder der Gedanke daran, daß der Baron Buttlär während des Tanzes die Augen rollte, wie Herren sonst nicht die Augen rollen, wenn sie mit fremden Damen tanzen. Nein, daran wollte sie nicht denken, sie wollte singen. Sie schaute zu Hans hinüber. Der saß ruhig da, öffnete den Mund weit, ganz damit beschäftigt, seinen schönen Tenor recht laut erklingen zu lassen. Als das Lied zu Ende war, schwiegen alle eine Weile, träumten in die Dämmerung hinein, als fürchteten sie, etwas zu wecken, das sie eben in Schlaf gesungen hatten. Endlich verkündete der Geheimrat, die Uhr in der Hand: »Jetzt, bitte, zum Feuerwerk, künstliches Feuerwerk habe ich nicht. Mein Feuerwerk ist der Mond, der gerade jetzt aufgeht. Bitte also, mit mir dort hinaufzugehen.«

»Meine Tochter und mich lassen Sie hier«, meinte die Generalin, »ich bin alt und habe daher häufig gesehen, wie der Mond aufgeht.«

»Wie's beliebt«, erwiderte der Geheimrat, »obgleich ich glaube, daß mein Mond etwas Besonderes ist. Also wenn ich bitten darf, meine Herrschaften.« Er übernahm die Führung mit Fräulein Bork. Sie mußten einen Hügel hinansteigen. Der Baron Buttlär ging neben Doralice her, er sprach mit weicher, singender Stimme von dem Frieden der abendlichen Natur, von den Mühen und

Sorgen der Landwirtschaft. Ach, die Landwirtschaft war ja jetzt eine Industrie, und die Poesie hatte in ihr wenig Raum. Aber wenn er, Buttlär, zuweilen abends auf seine Felder hinausging, mit seinen Feldfrüchten allein war, dann fühlte er doch wieder etwas von der Poesie der Natur. Leider sind im heutigen Kampfe des Lebens die Augenblicke so selten, in denen man sein Herz sprechen lassen darf. Oben auf dem Hügel stellten sich alle auf und schauten zu dem schwarzen Waldrande hinüber, über den der Mond groß und rot emporstieg. »Meine Leuchtkugel«, sagte der Geheimrat, und Fräulein Bork meinte, die Natur sei doch schöner als alles Künstliche. Als man dort eine Weile gestanden hatte und über den Mond doch nichts Besonderes zu sagen wußte, trat man den Heimweg an. Hilmar nahm entschlossen Doralice in Beschlag. Der Weg führte an feuchtem Weidenklee vorüber, der süß duftete. Nebelstreifen lagen über dem Felde, Pferde weideten da, große, dunkle Gestalten in der Dämmerung, und von allen Seiten lockten die Rebhühner.

Doralice und Hilmar sprachen von gleichgültigen Dingen, sie sprachen von Pferden, vom Reiten, aber ihre Stimmen nahmen einen ruhevollen vertraulichen Klang an, wie es Stimmen an Sommerabenden gern tun. »Und bei dem letzten Rennen sind Sie gestürzt, nicht wahr?« fragte Doralice, »der Baron Buttlär sprach davon.«

»Ja, ach ja«, erwiderte Hilmar, »die, welche es verstehen, stürzen nicht, die kennen die Leistungsfähigkeit ihrer Pferde, nehmen vorsichtig die Hindernisse, gehen sicher durchs Ziel. Natürlich war es meine Schuld. Aber ich muß gestehen, der Genuß, das Erhebende an der ganzen Chose ist gerade der Augenblick, in dem ich merke, daß alles Vernünftige von mir abfällt, das Blut singt einem in den Ohren, alles in einem ist kochend heiß und zittert, etwas in uns, das sonst offenbar in einem Käfig eingesperrt zu sein pflegt, kommt dann los. Sehen Sie, in solchen Augenblicken ist mir alles gleich, ich würde jedes Hindernis nehmen, ich würde dem Gaul und mir den Hals brechen. Ich sehe dann nur eines, ich will dann nur eines, das Ziel. Ich will es so stark, ich will es so einzig, ich bin so voll davon bis in jeden Nerv, daß ich mich wundere, daß das Ziel mir nicht entgegenkommt. So nur eins wollen, nur eins sehen und darauf zujagen, das ist eigentlich die einzige Art, wirklich zu leben.«

Sie waren stehengeblieben, Doralice schaute vor sich nieder und dachte: Wovon spricht er denn mit dieser leisen, heißen Stimme, ja so, er spricht von Pferden, und plötzlich mußte sie an Hans Grill denken, wie er einmal drüben im Schlosse zu ihr so begeistert von seiner Kunst gesprochen hatte, daß sie sich sagte: Jetzt spricht er nicht mehr von seiner Kunst, jetzt spricht er von mir. Hinter ihnen lachte jemand, es waren Nini und Wedig, die den Hügel heraufkamen. Doralice wandte sich lebhaft ihnen zu. »Ach«, sagte sie, »kommen Sie, wir wollen zusammen den Abhang hinunterlaufen.«

Sie legte den einen Arm auf Wedigs Schultern, den anderen auf Ninis, und so liefen alle drei den Hügel hinab. Hilmar schaute ihnen nach, dann blickte er zum Monde auf und verzog seltsam sein Gesicht. Als dann auch die anderen kamen, trat er ein wenig zur Seite, um sie vorüberzulassen, um sich nicht ihnen anzuschließen. Lolo ging zwischen ihrem Vater und Hans Grill einher; sie schienen von Malerei zu sprechen, denn der Baron

Buttlär sagte: »Nein, die moderne Malerei läßt mich kalt. Es mag altmodisch sein, aber ich bin für Raffael.«

Ihnen folgten der Geheimrat und Fräulein Bork. Fräulein Borks Stimme klang sehr lyrisch in die Dämmerung hinaus. »Was ich an Ihnen, Exzellenz, am meisten bewundere, ist Ihr Humor, Ihr stets gleichbleibender Humor.«

»Meine Gnädige!« erwiderte Knospelius, »Trübsal blasen wir wohl alle mitunter, aber Konzerte damit zu geben ist nicht empfehlenswert.«

Hilmar blieb zurück, Lolo hatte sich nach ihm umgeschaut, aber hatte nichts gesagt. Er wartete eine Weile, dann ging er ihnen langsam und sinnend nach. Unten im Wäldchen fand er die Birken voll bunter Papierlaternen, viel farbige, sich sacht wiegende Lichter. Klaus reichte Sandwichs umher, trug eine Bowle auf und füllte die Gläser. Hilmar sah sich im Kreise um, ging gerade auf Doralice zu und setzte sich neben sie. Sein Gesicht hatte dabei einen düsteren, eigensinnigen Ausdruck. Knospelius rief nach seinen Kolombinen, dann saß er zwischen den beiden Mädchen, schüttelte behaglich seine Schultern wie ein Frierender, der sich eine warme Decke über die Knie zieht. »Meine lieben Gäste«, rief er und erhob sein Glas, »auf Ihr Wohl! Ich danke Ihnen, daß Sie gekommen sind, jetzt bitte ich zu trinken, dann wollen wir noch die ›Lorelei‹ singen und endlich eine Mondscheinquadrille tanzen.«

»Wie wissenschaftlich er uns behandelt«, sagte Hilmar zu Doralice. »Er kandiert uns nach allen Regeln.«

Doralice wollte etwas erwidern, aber der gespannte, fast zornige Ausdruck auf seinem Gesichte überraschte sie, und sie schwieg. »Ach«, fuhr Hilmar fort, »bei mir hat er es leicht, ich bin gegen die Wirkungen einer Sommernacht wehrlos. Nun, Soldaten sind immer sentimental, aber bei mir war es von jeher so. Ich erinnere mich, daß, wenn ich als Kind aus der Sommernacht hereingeholt wurde, um zu Bett zu gehen, ich wie toll heulte. Wenn meine Mutter mich fragte, warum ich weine, wußte ich es nicht; ich konnte nur sagen, ich weine, weil Müller heute so häßlich ist. Müller war meine Kinderfrau, die ich sonst liebte.«

»Das verstehe ich«, meinte Doralice, »so geht es mir jetzt noch, wenn wir abends vom Spaziergange nach Hause kommen und Agnes steht da mit der Lampe, dann ist mir auch zuweilen so, als könnte ich weinen.« Hilmar lachte grimmig: »Ich begreife, daß man in solchen Augenblicken diese Agnes erwürgen könnte.«

»O nein«, wehrte Doralice, »Agnes ist eine gute alte Frau, aber in solchen Augenblicken steht deutlich auf ihrem Gesicht zu lesen: Was sind sie denn so glücklich, es wird gleich wieder alles unangenehm und widerwärtig sein.« Hilmar beugte sich vor, um Doralice in das Gesicht zu sehen mit Augen, auf deren pechschwarzem Grunde ganz winzig sich eine rote Laterne spiegelte, ein blutroter Punkt.

»Und diese Agnesen haben recht«, sagte er leise, »es wird gleich wieder alles unangenehm und widerwärtig, und daher ist es eine Dummheit, wenn wir wissen, daß da irgendwo ein kleiner glücklicher Augenblick zu haben ist, und wir irgend etwas anderes tun, als diesem Augenblick nachzujagen.«

Doralice lehnte sich in den Schatten zurück, um aus dem Bereich der schwarzen Augen zu kommen, die ihr weh taten, und fragte, um etwas zu sagen: »Sie waren als Kind allein?«

»Ja«, erwiderte Hilmar, »ich bin das einzige Kind meiner Eltern. Es hätte melancholisch sein können. Vor dem Schlosse ging ein Fluß vorüber, der immer sehr voll von einem trüben grünlichen Wasser war; dort schnalzten in der Dämmerung die Fische und sangen die Erdkrebse. Aber an Sommerabenden lief ich in die Dorfstraße hinunter, und dort kamen dann meine Kameraden auf ihren nackten Füßen, mit ihren grauen Leinwandhosen und fliegenden blonden Haaren, kleine lustige Teufel der Sommerdämmerung, und dann war es köstlich.«

»Das muß köstlich gewesen sein«, wiederholte Doralice sinnend. »Ich war an Sommerabenden in unserem Garten immer allein.«

»Schade«, rief Hilmar, »daß ich damals nicht zu Ihnen kommen konnte, auch so als kleiner Dämmerungsteufel.«

»Das wäre lustig gewesen«, meinte Doralice, »ich glaube, ich wartete damals immer auf so etwas.«

Jetzt stimmte Knospelius die »Lorelei« an. Er nahm das Tempo sehr getragen, als wollte er, daß die Seelen seiner Gäste ganz hinschmölzen in den klagenden Tönen. Kaum war das Lied zu Ende, trieb er zur Quadrille; die Harmonika und die Geige begannen zu spielen; Hilmar bot, als verstünde es sich von selbst, Doralice den Arm; der Tanz begann auf dem freien Platz unter den Bäumen. Die hellen Frauengestalten aus dem unsicheren Lichte der bunten Laternen in einen Streifen hellen Mondscheins hinein wurden plötzlich durch einen tiefen Schatten ausgelöscht, um dann wieder aufzutauchen. Knospelius hatte seinen Kneifer aufgesetzt und betrachtete aufmerksam, als säße er in seiner Theaterloge, das Schauspiel.

»Bitte zu beachten«, sagte er zu der Generalin, »eine Mondscheinquadrille wird anders getanzt als eine Sonnenuntergangsquadrille. Die Bewegungen der Damen sind weicher; da ist so was von angenehmer Mattigkeit drin, ganz wie die Musselinkleider, die auch abends so eine angenehme Welkheit bekommen.«

»Ach, gehen Sie«, entgegnete die Generalin ärgerlich, »Sie sehen unsere Mädchen an, wie man Käfer ansieht, die man sammelt. Oder ist es besonders der eine fremde Käfer, der Sie interessiert?«

»Nein, nein, alle«, meinte Knospelius, »ich muß eben die Stimmung meiner Gäste studieren. Auf einem Feste darf nie der Augenblick kommen, in dem die Gäste fühlen: bei allem, was wir hier tun, ist doch nichts dahinter.«

»Was soll denn dahinter sein?« rief die Generalin; »das liebe ich gar nicht, wenn hinter allem etwas stecken soll, wozu? Ich hatte eine Tante, die war verrückt. Wenn man gemütlich beisammensaß, pflegte sie zu sagen: ›es ist aber doch noch einer im Zimmer, von dem ihr nichts wißt‹; das war sehr unheimlich.«

»Nein, es steckt nichts dahinter«, sagte der Geheimrat beruhigend, »ich meine nur, es ist nicht sehr unterhaltend, gerade daran zu denken. Aber was ist denn das? Eine Stockung.«

Er sprang auf, um zum Tanzplatz zu eilen; dort drängten sich alle auf einem Fleck zusammen, und am Boden, hell vom Monde beschienen, lag Lolo bleich mit geschlossenen Augen. Man rief nach Wasser, Fräulein Bork brachte Riechsalz. Was war geschehen? Eine Ohnmacht. Lolo hatte mit Hans Grill getanzt und war ganz still umgesunken. Als sie wieder ein wenig schwankend, sehr weiß im Gesicht, dastand, auf ihren Vater und Hilmar gestützt, organisierte die Generalin eilig den Rückzug, Lolo, von den beiden Herren geführt, voran, die anderen folgten, man nahm sich kaum Zeit, ein Abschiedswort an den Geheimrat zu richten, und die Baronin Buttlär konnte es nicht lassen, halblaut vor sich hin zu schelten: »Ich habe mir gleich gedacht, daß nichts Gutes dabei herauskommt. Wenn ein alter Herr sich amüsieren will, so soll er doch woandershin gehen; wozu sind meine Kinder dazu nötig.«

»Fatal«, sagte der Geheimrat, als er mit Hans und Doralice allein war, »nun, es wird nichts zu bedeuten haben. Hübsch sah es übrigens aus, wie die Kleine da so weiß im Mondschein lag. Nerven. Eine Familienverlobung ist immer etwas Gewaltsames. Ein streng behütetes Mädchen, das nicht einmal einen Roman lesen darf, wird eines schönen Tages einem Leutnant ausgeliefert. Studiere die Liebe, heißt es. Ja, das richtet aber in der Seele solch einer kleinen Familienkolombine zuweilen merkwürdige Verwirrungen an. Na, gleichviel, c'est la vie. Ich danke Ihnen, meine Herrschaften, daß Sie gekommen sind, Sie waren die Königin des Festes, gnädige Frau, natürlich.« Er küßte Doralicens Hand, und man trennte sich.

Auf dem Heimwege sprach Hans heiter und eifrig auf die schweigsame Doralice ein. Er freute sich, daß sie sich unterhalten hatte; denn sie hatte sich unterhalten, das hatte er wohl gesehen. »Schön, schön. Teufel, hatten die Herren um sie her Mondscheinaugen gemacht, alle, vom Familienvater bis zum Gymnasiasten. O bitte, bitte.« Sie blieben einen Augenblick stehen, um auf das mondbeschienene Meer hinauszublicken. Hans öffnete seinen Mund, atmete tief. »Weite einatmen«, meinte er, »dort unter den Bäumen war es ein wenig eng, auch die Leute dort ein wenig eng, nicht?«

Zu Hause ging Hans in sein Zimmer. Doralice hörte ihn hin und her gehen, den Kasten aufschließen, Stiefel werfen. Sie saß in ihrem Sessel und starrte in das Licht, lebte in Gedanken mechanisch das eben Erlebte weiter, die Glieder ein wenig matt von der Bewegung, der Luft und all den Männeraugen, die sie begehrend angesehen hatten. Endlich kam Hans heraus, in seinen Mantel gehüllt, den Filzhut auf dem Kopfe, die hohen Stiefel an den Füßen.

»Ich fahre noch mit Wardein auf den Fischfang hinaus«, sagte er, »für dich ist das nichts, du bist zu müde.« Er küßte Doralice auf die Stirn. »Gute Nacht.«

»Gute Nacht, Hans.« Doch als er schon an der Tür war, sagte Doralice: »Du, Hans!« Er wandte sich um: »Was gibt es?«

»Du, Hans, bist du eigentlich böse?«

»Nein, warum?« erwiderte er. Dann kam er wieder an den Tisch heran. Im Schein der Lampe sah Doralice, daß er errötete. »Nein, ich bin nicht böse. Warum sollte ich böse sein? Vielleicht, weil die da sich möglicherweise in dich verlieben? Das ist ihr Recht. Das ist erklärlich. Aber das kann doch an uns nicht heran.« Und er klopfte mit den Knöcheln seiner Hand auf den Tisch. »Nein, das wirst du nicht erleben, daß ich knurrend um dich herumgehe. Mir würde vor mir selber ekeln. Wenn du mein bist, weil ich jedem, der mir nahe kommt, die Zähne zeige oder weil ein anderer mir nicht beizeiten die Zähne gezeigt hat, dann bist du überhaupt nicht mein – und ich will eine Frau, die mich liebt, und nicht eine Beute – und – ich denke, wir gehorchen reineren Gesetzen – und es ist auch gar nichts geschehen, warum sollte ich böse sein?«

Doralice zog die Augenbrauen empor, sie machte, wie Hans Grill es nannte, ihr Damengesicht und sagte leichthin: »Oh, dann ist es gut, ich wollte nur wissen, gute Nacht also, Hans.«

»Gute Nacht«, erwiderte er und ging hinaus, stark mit den schweren Stiefeln auftretend.

Doralice schaute noch immer in das Licht. Also, er war doch böse, dachte sie, sonst wäre er nicht so beredt gewesen. Und es war gut so, es beruhigte sie. Wenn man geliebt wird, will man festgehalten, will man bewacht werden. Diese reinen Gesetze, was ist das? Wahrscheinlich wieder diese ewige Freiheit, von der Hans zu sprechen liebte. Jetzt wollte sie schlafen gehen, wollte in der Dunkelheit noch ein wenig von alldem träumen, was der heutige Abend in ihr aufgeregt hatte. Das war vielleicht etwas wie ein Verrat an Hans, aber warum ließ er sie mit ihren Träumen allein?

Zehntes Kapitel

Knospelius stand im Strandwächterhäuschen am Fenster, ein Opernglas vor den Augen, und schaute auf den Strand hinab. Er liebte es zu beobachten, wie dort auf dem gelben Sande die bunten Figürchen hin und her gingen, sich suchten, sich trafen, beieinander standen, sich wieder trennten. »Wo die Skorpionen gehen und die Feldteufel sich begegnen«, zitierte der den Propheten. Der Himmel hing voller Wolken, die das Morgenlicht dämpften und versilberten. Das graue Meer schillerte wie die Brust eines Täuberichs. Mitten in dem farbigen Wasser stand Ninis schmale rote Gestalt, und die Baronin Buttlär ging am Strande auf und ab und beobachtete das Bad ihrer Tochter. Ei, ei! dachte Knospelius, da erscheint ja die Generalin im weißen Pikeekleide, wie ein Schiff, das alle Segel aufgezogen hat, neben ihr die gute Bork, eine bescheidene, nichtssagende Schaluppe. Wedig, der Schlingel, treibt sich natürlich an der Wardeinschen Tür herum und wartet. Aber auch der Baron steht dort einsam herum und stochert im Sande, sollte er auch warten? Ah, das Brautpaar Arm in Arm. Die kleine Lolo noch etwas bleich, der Bräutigam sehr lebhaft, zu liebenswürdig, hat vielleicht ein schlechtes Gewissen wegen gestern. So, nun begegnen sie der Generalin. Man bleibt stehen, man spricht. Endlich, da ist unsre Doralice, sehr fein im Matrosenkostüm blau und weiß, den englischen Roman in der Hand. Natürlich, der Baron ist schon bei ihr. Wie kühl sie nickt. Wie gerade und wohlerzogen sie dasteht, jede Linie höfliche Abweisung. Wie sie langsam weitergeht und ihn stehenläßt. Teufel! aber das ist stark. Der Leutnant läßt den Arm seiner Braut fahren und schießt auf Doralice zu, wie der Hecht auf die Angel. An Hemmungen leidet dieser junge Mann nicht. Wo ist denn der Maler? Dort steht er ja, unten bei den Booten, und spricht mit Stibbe. Warum ist er nicht auf seinem Posten? Der dumme Kerl will den Grandseigneur in der Liebe spielen.

Jetzt aber litt es Knospelius nicht mehr an seinem Fenster; er mußte hinunter, mußte mittun. Hinter ihm stand Klaus und hielt schon Hut und Stock. Als der Geheimrat seinen Hut nahm, schaute er zu Klaus' ernstem Gesicht hinauf und sagte: »Sie denken wohl, die da unten sind alles Sünder.«

»Wir sind alle Sünder, wenn Exzellenz gestatten«, erwiderte Klaus, ohne die Miene zu verziehen.

»Aber da sind doch Unterschiede«, warf Knospelius ein.

Klaus zuckte kaum merklich mit den Schultern: »Die einen fürchten sich nicht davor, Sünder zu sein, und wir anderen fürchten uns davor.«

»So, so, ich verstehe«, versetzte der Geheimrat und ging zum Strande hinab.

Unten machte er sich eifrig an das Begrüßen der Anwesenden, ging zu der Gruppe der Generalin, fragte, wie man geschlafen hatte, nannte Lolo »unsere tragische Kolombine«, wandte sich dann zu Hilmar und Doralice, die noch beieinander standen, rieb sich die Hände, tat, als sei er der Hausherr des Meeres und habe seine Gäste zu begrüßen. Er winkte Hans Grill zu, der langsam heranschlenderte. »Guten Morgen, Meister, was? heute nacht auf Fischfang und jetzt wieder bei den Booten, das heißt ja im Schweiße seines Angesichts leben.« Ja, Hans Grill wollte hinausrudern, er lachte: »Das Meer hat mich jetzt; wenn ich nicht was mit ihm zu tun habe, werde ich unruhig. So was wie Säuferdurst. Fährst du mit, Doralice?«

Nein, Doralice wollte nicht mitfahren, das Meer war ihr heute zu grau, sie wollte zu den Birken hinaufgehen und im Heidekraut liegen.

»Aha«, meinte Knospelius, »ich verstehe, graues Meer ist für Ihre Seele heute sozusagen nicht die richtige Toilette. Nehmen Sie mich mit, Meister, meine Seele paßt zu jedem Meer.«

Aus den anderen Gruppen wurde nach Hilmar gerufen, Nini hatte ihr Bad beendet, und man wollte nach Hause gehen. Aber Lolo winkte ihm zu. »Bleibe nur, du willst segeln, auf Wiedersehen.« Etwas unschlüssig blieb Hilmar zurück, schaute der abziehenden Familie nach, sah, wie Doralice die Düne hinaufstieg zu den Birken und wie Hans und der Geheimrat zu den Booten hinabgingen. Nachdenklich nahm er Kieselsteine auf und begann sie über die Wellen springen zu lassen. Sein Gesicht hatte wieder den eigensinnig entschlossenen Ausdruck, der ihm eine finstere Schönheit gab. Plötzlich wandte er sich um und ging schnell mit leichtem, wiegendem Schritt die Düne hinan, mit jenem lustigen, unternehmungsvollen Schritt, den wohl der kleine Hilmar gehabt haben mochte, wenn er, der Kinderstube entronnen, in der Sommerdämmerung zu der Dorfstraße hinabflüchtete. Er schlug den graden Weg zum Birkenwäldchen ein.

Er fand Doralice im Heidekraute sitzend, den Rücken gegen den Stamm einer Birke gelehnt, das Buch lag aufgeschlagen auf ihrem Schoß, sie schaute nicht hinein, sondern bog den Kopf zurück und blinzelte mit halbgeschlossenen Augen zu den Wipfeln der Birken hinauf, das Gesicht ruhig wie das Gesicht eines Menschen, der einem Schlummerliede lauscht und darauf wartet, daß der Schlaf komme. Und rings um sie her klang das unablässige und eifrige Schrillen der Feldgrillen. Hilmar räusperte sich leise. Doralice schaute auf. Sie war nicht besonders überrascht, sie zog nur leicht die Augenbrauen empor und sagte: »Oh, Sie sind es. Sind Sie mir hierher nachgekommen? Sie wollten ja segeln.«

Hilmar war etwas befangen. »Ja – hm, ich bin Ihnen hierher nachgekommen. Sie gestatten doch«, und er setzte sich auf einen Baumstumpf Doralice gegenüber. »Mit dem Segeln war es nichts. Da Sie nicht auf dem Meere waren, schien das Meer mir so sinnlos.«

»Ah«, sagte Doralice, die wieder in ihre ruhevolle Stellung zurückgesunken war. »Mir sagte einmal ein junger Attaché, er halte es für unhöflich, einen Augenblick mit einer jungen Frau allein zu sein, ohne ihr eine Liebeserklärung zu machen.«

Hilmar errötete. »Unsinn«, meinte er. »Mir ist gewiß nicht höflich zumute, aber gleichviel, ich kam herauf, weil ich glaubte, daß Sie sich langweilen würden.«

»Ja, warum glaubten Sie, daß ich mich langweilen würde?« fragte Doralice.

»Nun, weil«, sagte Hilmar, »weil ich sah, daß Sie nur dieses Buch da mit hatten, und ich annahm, daß an diesem schwülen, etwas traurigen Tage das Schicksal der Miß mit den zu rosa Wangen und zu goldenen Haaren, die sich einen ganzen Band darüber kränkt, daß sie sich in einem Park von einem Herrn hat küssen lassen, Sie auch traurig stimmen würde.«

Doralice lächelte matt.

»Sollen wir nicht eine Zigarette rauchen?« schlug Hilmar vor. Ja, Doralice nahm eine Zigarette an, ließ sich Feuer geben, und dann rauchten beide und schwiegen und hörten dem Schrillen der Feldgrillen zu. Endlich bemerkte Doralice: »Sie wollten mich ja unterhalten?«

»Ja, ach ja«, erwiderte Hilmar zögernd, als ließe er sich nur ungern im ruhigen Betrachten der hellen Gestalt vor sich stören. »Aber es gibt Lebenslagen, die so wohltuend sind, daß man sie mit Sprechen nur verdirbt. So hätte ich es als Knabe für eine Entweihung gehalten zu sprechen, während ich einen Kirschkuchen aß.«

Doralice lächelte nicht darüber. Eine seltsame Erregung machte plötzlich ihre Augen klar und bog die schmalen roten Linien ihrer Lippen, und ihre Stimme wurde tiefer und zitterte ein wenig, als sie sagte: »Es ist wohl auch, weil es für Sie nicht leicht ist, mit mir zu sprechen. Wovon sollen Sie sprechen? Hinter mir sind alle Fäden abgerissen. Da können Sie nur entweder vom Wetter sprechen oder mir eine Liebeserklärung machen.«

Hilmar schlug sich mit der flachen Hand auf das Knie: »Ich sagte es gleich, an solch einem verdächtig grauen Tage allein im Heidekraut zu liegen tut nicht gut. Zu sagen? Eine Welt habe ich Ihnen zu sagen, die unerhörtesten Dinge. Da brauchen wir nicht davon zu sprechen, wie es der Baronin Marowitz geht und welche Liaison die Gräfin Patky jetzt hat, aber wenn Sie wollen, können wir auch davon sprechen.«

Doralice schien ihm nicht recht zuzuhören, sie blickte an ihm vorüber, lauschte ihrem eigenen quälenden Gedanken. »Und«, begann sie, »was sagen sie dort von mir – die anderen.«

»Nichts!« rief Hilmar ungeduldig. »Was sollen sie sagen? Sie sprechen nicht mehr davon.«

»Sie sprechen nicht mehr davon«, wiederholte Doralice. »Ich bin also wie eine, die gestorben ist und die vergessen wird.«

»Wie man das macht, Sie zu vergessen«, höhnte Hilmar.

Doralice sann einen Augenblick vor sich hin, bleich und kummervoll, dann fragte sie leise: »Kennen Sie den Friedhof am Meer?«

Nein, Hilmar kannte ihn nicht, er interessierte sich nicht besonders für Friedhöfe. »Der Geheimrat hat ihn mir gezeigt«, fuhr Doralice fort, »ein Friedhof, von dem das Meer große Stücke fortspült. Die Särge und die Toten ragen aus dem Sande heraus. Der Geheimrat sagt: ›In Sturmnächten holt das Meer die Särge ab.‹ – ›Die stillen Herzen gehen auf die Reise‹, sagte er.«

»Das kleine Ungeheuer«, rief Hilmar, »warum zeigte er Ihnen das? Er will, daß Sie sich fürchten.«

»Vor dem Totsein würde ich mich sonst nicht fürchten«, meinte Doralice, »man braucht ja vielleicht nicht da zu sein. Nur daß das Totsein so furchtbar nach Alleinsein klingt, und – ich kann nicht allein sein.« Sie saß da, ein wenig aufgerichtet, die eine Hand in das Heidekraut gestützt, ihr Gesicht war ernst, obgleich die Lippen jetzt lächelten; ein unendlich einsames, frierendes Lächeln, und die Augen füllten sich mit Tränen.

»Sie weinen«, stieß Hilmar hervor. Eine plötzliche Ergriffenheit würgte ihn wie ein Schmerz: »Sie dürfen nicht allein sein.« Er glitt von seinem Sitz in das Gras nieder, lag ausgestreckt da, wie einer am Bachrande sich ausstreckt, um zu trinken, und drückte seine Lippen auf Doralicens Hand, die im Heidekraut ruhte. Einen Augenblick blieb diese Hand unbeweglich, dann wurde sie fortgezogen, eine leichte Röte stieg in Doralicens Gesicht, und ihre Stimme war wieder wach und lebensvoll, als sie sagte: »Was tun Sie da, stehen Sie doch auf. Ich bin ja gar nicht allein.«

Hilmar richtete sich auf, er kniete jetzt im Heidekraute, jede Linie seines Gesichts und seines Körpers schien gespannt von übergroßer Erregung. »Sie und allein sein. Jeder Augenblick, den Sie allein sind, ist eine furchtbare Verschwendung für einen – für einen von uns anderen. Das weiß ich jetzt. Aber das Leben ist ja reich an solch wahnsinniger Verschwendung. Was ist denn unser Leben anders als ein beständig dummes Versäumen der ganz kostbaren Augenblicke.«

Doralice hörte ihm zu, sie hörte ihm wohlwollend zu, die Leidenschaft seiner Worte erwärmte sie angenehm. Dann sagte sie in einem mütterlichen Tone: »Stehen Sie auf, gehen Sie nach Hause. Ich muß auch gehen; Hans erwartet mich.« Hilmar gehorchte. Er stand einen Augenblick unschlüssig da, etwas arbeitete und kämpfte in ihm, dann wandte er sich kurz um und lief den Abhang hinab. Doralice lächelte, als sie ihm nachschaute. Sie erhob sich, fuhr sich mit der Hand über die Augen und trat den Heimweg an, jetzt wieder ruhig und getröstet.

Hans wartete schon ungeduldig auf Doralice. Mit großen Schritten ging er um den gedeckten Mittagstisch herum und schalt leise vor sich hin ... »Ich komme zu spät, bist du böse?« sagte sie, als sie eintrat. Er lächelte gutmütig: »Ja, ich war sehr böse, aber jetzt, wo du da bist, hat das keinen Sinn mehr. Agnes! die Suppe. Ich habe einen Hunger, komm, setzen wir uns.« Agnes brachte die Suppe, sehr ernst, denn sie hatte Doralicens Zuspätkommen nicht verziehen. Sie füllte die Teller und stellte sich dann wie jeden Tag neben dem Tische auf, um aufmerksam zuzusehen, wie Hans aß.

»Nun also«, begann Hans gut gelaunt die Unterhaltung, »wie war deine Einsamkeit oben im Heidekraute?«

»Hübsch war es dort«, antwortete Doralice, »der Baron Hamm kam vorüber und plauderte einen Augenblick.«

»Ah!« Hans schien ganz von seiner Suppe hingenommen. »Was sagte er denn?«

»O nichts!« meinte Doralice, sie könnte ja erzählen,

was sich dort droben zugetragen, dachte sie, aber wozu, Hans würde doch nur sagen, das reiche nicht an sie heran, und würde von reineren Gesetzen und von Freiheit sprechen. Hans lehnte sich in seinen Stuhl zurück und begann: »Ja, das verstehen diese Leute, zu sprechen und nichts zu sagen. Das ist mir auch gestern aufgefallen. Einmal ein guter Witz, eine gute Bemerkung, aber meist nur Füllnis, wie bei jungem Taubenbraten, wenig Fleisch und viel Farce.«

»Ja, belehrend sind sie natürlich nicht«, bemerkte Doralice ein wenig gereizt.

»Nein, das verlange ich auch nicht«, sagte Hans beruhigend. »Ich greife die Leute übrigens nicht an. In ihrer Art sind sie gewiß nette, kluge Leute, man muß sich vielleicht an ihre Art gewöhnen.«

Doralice erwiderte nichts; es ärgerte sie, daß er plötzlich den Abgeklärten und Gerechten spielte. Warum schalt er nicht drauflos wie früher? Agnes nahm die Teller und ging hinaus, um das Brathuhn zu holen.

»Muß Agnes hier stehen und bewachen, wie du ißt?« fragte Doralice.

»Stört dich das?« sagte Hans. »Ich müßte vielleicht sagen, daß sie es läßt, aber ich fürchte, es ist die größte Freude ihres Lebens, mich essen zu sehen.« – »O dann«, meinte Doralice, und nachdenklich fügte sie hinzu: »Mich liebt sie nicht, sie sieht nie hin, wie ich esse.« Hans lachte: »Die arme Agnes braucht eben ihre ganze Liebesfähigkeit für mich auf, aber sie wird doch fest zu dir halten, wie zu allem, was mir gehört. Sie ist wie ein Hund, dem der Stock seines Herrn auch nicht sympathisch ist und der ihn doch bewacht und verteidigt.«

»Es ist nicht besonders angenehm, dein Stock zu

sein«, bemerkte Doralice. Dann kam Agnes zurück und brachte das Huhn. Die Unterhaltung geriet ins Stocken. Doralice fragte nach der Bootfahrt und was der Geheimrat gesagt hatte. »Der Geheimrat sprach von mir«, erwiderte Hans. »Er sagte mir, wie ich bin.«

»Wie bist du denn?« Doralice schaute neugierig auf.

»Es scheint, ich bin sehr gut«, berichtete Hans, »aber wie alle sehr guten Menschen lebe ich von Mißverständnissen.«

»Ach was, der Knirps«, meinte Doralice ungeduldig. Als dann beim Kaffee Hans sich eine Zigarette anzündete, wurde er schläfrig. Er reckte sich, gähnte diskret, die Nacht auf dem Meere lag ihm doch noch in den Knochen. Endlich stand er auf. Es sei doch das beste, er lege sich noch ein wenig nieder, meinte er.

Doralice rückte ihren Sessel an das geöffnete Fenster. Draußen hatte es zu regnen begonnen, ein feiner, dichter Regen, der einen bleifarbenen Vorhang vor das Fenster zog. Das Zimmer füllte sich mit einem grauen nüchternen Lichte. Agnes räumte das Geschirr ab, stapfte ab und zu, schlug die Türen, dann war auch sie fort. Doralice bewegte ihren Kopf langsam auf der Rücklehne des Stuhles hin und her, wie es ihre Gewohnheit war, wenn sie sich einsam fühlte. Gewiß, dieser Regen, dieses graue Licht im engen Zimmer, dieses Mittagessen bewacht von Agnes' freudlosen Blicken, diese ganz aussichtslose Alltäglichkeit, all das war traurig, und Doralice wußte, daß sie auch gleich traurig werden würde, noch aber fühlte sie sich von alledem seltsam losgelöst. Es war eine Traurigkeit und Alltäglichkeit, die nicht zu ihr gehörten, die an ihr vorübergingen. Sie kam sich vor wie ein Reisender, der auf irgendeiner kleinen verschollenen Station liegenbleibt und nun in dem häßlichen Stationszimmer sitzt und sich für eine Weile von der Melancholie eines Lebens eingefangen sieht, das nicht zu ihm gehört. Denn der Zug würde kommen, und die kleine Station mit ihrer grauen Langeweile würde hinter ihm versinken und vergessen werden. Und doch, was sollte kommen! In Doralice klangen die Worte wider, die sie heute morgen gehört: »Jeder Augenblick, den Sie allein sind, ist für einen von uns anderen eine wahnsinnige Verschwendung.« Hans fürchtete sich vor dieser Verschwendung nicht, er fürchtete nicht, etwas zu versäumen, er ging schlafen. Wie sicher er ihrer war! Wie sicher, daß er ein ganzes Leben vor sich hatte, um mit ihr zusammen zu sein, ein ganzes Leben. »Ein ganzes Leben!« klang es eintönig in ihr wider nach dem Takte des Regens, der da draußen mit seinem flachen Plätschern eifrig in die große, schicksalsvolle Stimme des Meeres hineinplauderte. Wie er dort oben vor ihr gekniet hatte. Wie hatte er doch von seinem Reiten gesagt? »Man denkt nur eins, man will nur eins, so stark, daß man sich wundert, daß das Ziel einem nicht entgegenkommt.« Es war doch ein seltsam starkes Leben, wenn man fühlte, wie ein fremdes Begehren und Wollen wild an einem zog. Das hatte sie auch bei Hans dort auf dem Schlosse empfunden, damals, als er noch nicht abgeklärt war, als er über sie kam wie ein Sturm und wie ein unwahrscheinliches, köstliches Wagnis. Und jetzt war wieder so etwas nahe. Aber nein, das konnte sie nicht wollen, sie würde sich sehr wundern, wenn sie so wäre, daß sie das wollen konnte. Jetzt plötzlich quälte sie das Alleinsein, der graue Tag mit seiner Ereignislosigkeit und die fremden Möglichkeiten, die sie in sich empfand. Etwas tun, dachte sie, und dann sprang sie auf, sie wußte schon, was sie zu tun hatte. Sie ging in ihr Schlafzimmer hinüber, wo die großen Koffer standen, die Graf Köhne ihr nachgesandt hatte. Sie öffnete einen derselben, ein schwüler Jasminduft strömte ihr entgegen, das war das Parfüm gewesen, das der Graf Köhne an ihr geliebt hatte. »Je mehr ich in Jahren vorrücke«, pflegte er zu sagen, »um so mehr gehe ich in meiner Vorliebe für Düfte in den Jahreszeiten zurück. Jetzt bin ich beim Frühsommer angelangt.« Da lagen nun all die Kleider, an die Doralice seit einem Jahre nicht mehr gedacht hatte. Sie blätterte nachdenklich in ihnen, strich mit der Hand über den Samt, den Krepp, die Seide, und diese Berührung erregte so etwas wie ein festliches Gefühl in ihr. Da war das blaue Kleid, das sie so geliebt hatte. Sie nahm es heraus, weiche pfauenblaue Seide, eine alte Stickerei als Brusteinsatz, grünliche und rötliche Goldfäden auf rahmfarbenem Grunde. Doralice breitete es auf einem Stuhle aus, betrachtete es, dann begann sie langsam sich auszukleiden, legte das Kleid, das sie trug, ab und legte das pfauenblaue an. Jetzt war sie fertig, stand da in dem blauen Lichte, und das sanfte Schimmern der Seide, des Goldes an ihr gab ihr eine angenehme Erregung. Sie ging wieder in das Wohnzimmer hinüber, setzte sich auf ihren Sessel und wartete auf Hans. Das mußte auch auf ihn wirken, das mußte auch ihm etwas von früheren Tagen zurückgeben. Sic wartete lange, Hans nahm es gründlich mit seiner Nachmittagsruhe, und es begann bereits zu dämmern, als Doralice hörte, daß er sich im Schlafzimmer regte. Endlich kam er. Er machte einige Schritte und fragte: »Warum duftet es hier so süß? so schwül nach Schlössern?« Als er sie dann anschaute, meinte er: »Oh! Du hast dich schön gemacht. Dieses Kleid kenne ich.«

Das klang ein wenig trocken, und Doralice wurde befangen. Sie entschuldigte sich: »Es war hier so grau und häßlich, und da zog ich es an, ich dachte, es würde dir auch gefallen.«

Hans setzte sich auf einen Stuhl, zerrte an seinem Bart und schaute an Doralice vorüber zum Fenster hinaus. »O gewiß, sehr schön, sehr schön«, sagte er zerstreut. »Nur, sag mal, willst du die Erinnerungen, von denen dieses Kleid voll ist?«

»Ich will überhaupt keine Erinnerungen«, erwiderte Doralice, und das Weinen war ihr nahe. Hans sann noch vor sich hin: »Ja, ja«, murmelte er, »dir war es hier grau und häßlich, und du wolltest etwas Schönes haben, natürlich, ich verstehe. Schön, schön.«

Beide schwiegen nun eine Weile, und Doralice empfand, daß das bißchen Festlichkeit, welche das Kleid ihr gegeben hatte, fort war. Hans erhob sich und ging nervös im Zimmer auf und ab, dann blieb er stehen und fragte: »Wirst du das Kleid anbehalten?«

»Ich kann es ja wieder ausziehen«, erwiderte Doralice kleinlaut.

»Ja«, fuhr Hans fort, »es ist nämlich hier in diesem Zimmer etwas fremd. Ich habe das Gefühl, als ob ein Modell bei mir wäre.«

»Ein Modell«, wiederholte Doralice gekränkt.

»Nein, nein, nicht ein Modell«, beruhigte Hans sie, »es war dumm, daß ich das sagte. Höre, ich werde es dir erklären. Es war in München, ich wohnte im vierten Stock, in einem sehr häßlichen Zimmer natürlich. Da verliebe ich mich beim Kunsthändler in eine französische Glasschale, ein hübsches Ding wie aus rosa und grünem Eis, für mich viel zu teuer. Gut. Aber ich bin verliebt, und als ich für ein Bild etwas Geld bekomme, kaufe ich sie und trage sie nach Hause. Ich stelle sie auf meinen Tisch. Der Tisch hat eine scheußliche gelbe Decke mit blauen Blumen. Nein, das geht nicht. Ich stelle sie auf den Kasten, einen plump gebeizten gelben Kasten. Aber das geht noch weniger. Ich stelle sie auf den Waschtisch, auf das Fenster – na, was soll ich dir sagen, wo diese Schale auch steht, überall gibt es einen falschen Ton, quält mich wie Zahnweh. Ich bin glücklich, als das Ding wieder beim Kunsthändler ist. Siehst du, so.«

»Bin ich diese Schale?« fragte Doralice. – »Nicht du, dein Kleid, dein Kleid.« Hans stand vor Doralice und wartete gespannt, was sie sagen würde. Sie jedoch sagte nichts, erhob sich und ging in ihr Schlafzimmer hinüber, um sich umzukleiden. Er aber begann wieder im Zimmer auf und ab zu rennen, er war wütend. Also er hatte sie wieder einmal gekränkt, aber das schien jetzt nicht anders sein zu können. Sah es nicht aus, als sei die Liebe eine Einrichtung, die zwei Menschen aneinander bindet, damit sie einander quälen? Wahrhaftig, so sah es aus. Aber es sollte anders werden, und als Doralice in ihrem dunklen Kleide zurückkehrte, um sich wieder still in ihren Sessel zu setzen, brach er los: »Du bist gekränkt, ich weiß, ich weiß. Aber du wirst sehen, ich werde dir einen Rahmen schaffen, in dem du dich anziehen kannst wie eine Königin.«

»Ah, das kleine Häuschen«, warf Doralice hin.

»Nun, etwas viel Schöneres«, fuhr Hans ungeduldig fort. »In München läßt sich jetzt viel machen. Ich werde eine Malschule gründen, und dann werde ich arbeiten, ich bin voller Ideen, ich habe ja so viel in mir aufgespeichert, ich bin geladen wie eine Bombe, und wenn ich da einschlage in diese Welt abgelebter Großstadtleute, die werden Augen machen. Ich freue mich schon drauf. Wir wollen die Lampe anstecken und gleich zusammen einige Briefe nach München schreiben.« Er rieb sich die Hände und lachte, er war ganz Eifer, ganz Tatendurst. Aber Doralice sagte müde: »Ach nein, nur nicht die Lampe.«

Hans stand einen Augenblick da und sann, dann setzte er sich langsam auf einen Stuhl, zündete sich eine Zigarette an und rauchte. Beide schwiegen, es dunkelte immer mehr, die Dämmerung schien mit dem Regen auf das Land niederzufließen, der Wind verfing sich irgendwo im Hause, und es gab einen Ton wie ein trauriges Lachen. Doralice fühlte wohl, daß Hans dort neben ihr in der Dämmerung mit sich kämpfte, das Bewußtsein dieser Erregung, die Erwartung, daß es vielleicht einen leidenschaftlichen Auftritt geben würde, tröstete sie in der Melancholie dieser Stunde. Da begann Hans wieder ruhig, freundlich: »Sieh, das kommt daher.«

»Was denn?« fragte Doralice.

»Daß wir hier so zusammen sitzen und nicht zueinander sprechen, als seien wir verfeindet. Wir sind nicht miteinander verfeindet, und wir haben uns sehr viel zu sagen, aber das kommt daher, daß etwas in unserer Liebe zu Ende ist und etwas Neues anfangen muß. Jetzt haben sich die feinsten, empfindlichsten Teile unserer Seelen auseinanderzusetzen, jetzt fängt die ganz komplizierte Rechnung an, so eine Art Ausziehen von Kubikwurzeln, das ist immer so, das muß so sein. Ich kann nicht immer wie damals ein Ereignis sein.«

»Ich habe gar nicht verlangt von dir, immer ein Ereignis zu sein«, meinte Doralice.

»Ich weiß, ich weiß, und ich weiß auch, was wir zu tun

haben, um jetzt dieser jämmerlichen Stunde ein Ende zu machen. Wir müssen hinausgehen ans Meer. Es ist dunkel und es regnet, das macht nichts, das Meer wird uns kurieren, das Meer kann immer ein Ereignis sein, und da wollen wir uns anschließen, und du wirst sehen, dort werden wir uns wieder einander befreundet fühlen, und dann wirst du auch wieder die Lampe ertragen können.«

Er holte Doralicens Mantel, hüllte sie fest ein, nahm sie und zog sie mit sich hinaus.

Draußen mußten sie gegen einen starken Wind ankämpfen, das Meer rauschte sehr laut, ein Durcheinander großer Stimmen, die sich überschrien und einander ins Wort fielen. Und in der Dämmerung hoben sich die Wellen wie große weiße Gestalten, die sich aufrecken, sich neigen, niederfallen. Zuweilen standen Hans und Doralice plötzlich wie auf einem weißen kalten Tuche, das war dann eine brandende Welle, die bis zu ihnen heraufgelaufen war. Beide lachten, drückten sich fest aneinander, und Hans fragte laut in das Rauschen hinein: »Fühlst du es, fühlst du es schon, wie wir einander wieder befreundeter werden?«

»Ja, ja«, erwiderte Doralice atemlos von all der mächtig bewegten Luft, die sie atmen mußte.

Im Bullenkrug drückte der Regennachmittag auch auf die Stimmung. Es lag ohnehin eine Spannung in der Luft, welche die Menschen mit einer gereizten und freudlosen Unruhe in den engen Räumen herumtrieb. »Meine Schar«, sagte die Generalin zu Fräulein Bork, »geht hier heute umher wie die Eisbären im Käfig. Lassen Sie alle Lampen anstecken, nur keine Dämmerung, die ist gefährlich. Und dann viel und gutes Essen. So kommen wir am leichtesten über die Schwierigkeiten hinweg.« Das Haus wurde sehr hell, die Generalin setzte sich mit Fräulein Bork auf das Sofa und legte Patience. Sie sprach mit ihrer lauten, beruhigenden Stimme, lachte über ihre Patience. Das Brautpaar zwang sie, miteinander Pikett zu spielen. »Nichts Besseres für nervöse Liebe«, meinte sie, »als Karten.« Wedig und Nini spielten Dame und stritten sich, und Herr von Buttlär ging mit kleinen nervösen Schritten im Zimmer auf und ab und sah immer wieder nach dem Barometer. Da erschien seine Frau in der Eßzimmertür und sagte: »Bitte, Buttlär, auf ein Wort.«

»Gewiß, meine Liebe«, erwiderte er und richtete sich mit einem Ruck strammer auf, »was gibt es denn?« Er folgte seiner Frau ins Eßzimmer, und die Tür fiel hinter ihnen ins Schloß. Die Generalin schüttelte unzufrieden den Kopf und bemerkte: »Bella überschätzt von jeher die Wirkung von Auseinandersetzungen.« Das Gespräch des Ehepaares dauerte ziemlich lange. Man hörte die Stimme des Barons, die pathetisch wurde, und Wedig flüsterte Nini zu: »Hör, eben hat der Papa gesagt: ›poetisches Bedürfnis‹.«

Hilmar und Lolo wurden sehr zerstreut bei ihrem Spiel. Endlich ging die Eßzimmertür wieder auf, Frau von Buttlär kam in das Wohnzimmer, setzte sich schweigend an den Tisch und nahm ihre Häkelarbeit auf. Sie war blaß, man sah es ihr an, daß sie geweint hatte. Der Baron aber war in der Tür stehengeblieben und sagte feierlich: »Hilmar, bitte auf ein Wort.«

»Zu Befehl«, erwiderte Hilmar und sprang auf. Er zog dabei die Augenbrauen zusammen, und sein Gesicht nahm einen Augenblick einen so zornigen Ausdruck an, daß Lolo ihn erschrocken anschaute. Dann verschwanden die beiden Herren hinter der Eßzimmertür. Die Generalin zog die Augenbrauen hinauf und sagte: »Wozu diese Konferenzen gut sind, weiß ich nicht, zur Gemütlichkeit tragen sie nicht bei.« – »Nein, liebe Mutter«, erwiderte die Baronin, indem sie eifrig forthäkelte, »ich bin ungemütlich und prosaisch, das habe ich eben gehört. Andere können gemütlich und poetisch sein, ich nicht. Ich bin wie der Gendarm, den jeder braucht und den keiner mag.«

»Aber Bella«, wandte die Generalin ein. Fräulein Bork jedoch fand das schön. Sie fand das schön, die Mutterliebe als die Polizei für das Glück der anderen.

»Sie haben gut reden, liebe Bork«, meinte die Baronin, und die Generalin wurde ärgerlich: »Ich sage nicht, daß einmal tüchtig dreinfahren nicht ganz nützlich sein kann, aber immer besser kurz und scharf als lang und sauer.«

»Wer ist denn sauer?« fragte die Baronin, worauf die Generalin nichts erwiderte. Lolo ging währenddessen im Zimmer unruhig auf und ab, blieb an der Glastür stehen und schaute in die Dunkelheit hinein, dann öffnete sie die Tür und trat auf die Veranda hinaus. Der Wind, als hätte er auf sie gewartet, fiel sie sofort an, zerrte an ihrem Kleide, wühlte in ihrem Haar. Lautes Tönen flog durch die Finsternis wie Sausen großer, hastiger Flügel, ein hastiges, ausgelassenes Leben trieb hier in der Nacht sein Wesen, und Lolo stand da und atmete tief und angestrengt. Sie litt, aber da drinnen im Schein der Lampe war ihr Schmerz eine unerträglich nagende Qual gewesen, hier draußen konnte sie ihn als groß, fast als schön empfinden. Als sie dann hörte, daß die Eßzimmertür ging und die beiden Herren wieder in das Wohnzimmer gekommen waren, öffnete sie ein wenig die Glastür und rief Hilmar. Hilmar trat zu ihr auf die Veranda hinaus. Sie standen einen Augenblick im Dunkeln still beieinander, Lolo hatte Hilmars Arm genommen und lehnte sich fest an ihn. Endlich sagte sie leise: »Hat er dir meinetwegen Vorwürfe gemacht?«

»Ach, er hat ja recht«, erwiderte Hilmar, und seine Stimme klang gepreßt und mutlos. »Alle haben sie recht, wenn du um meinetwillen leidest, dann bin ich ein gemeiner Hund. Ich durfte nicht zu dir kommen, du mußt sicher und glücklich sein.«

Lolo begann jetzt wieder zu sprechen, ganz sanft und tröstend: »Nein, du kannst nichts dafür, wir können beide nicht dafür. Es gibt manches in der Welt, das stärker ist als wir beide. Ich habe das jetzt verstanden. Oh, ich habe jetzt sehr viel verstanden. Früher glaubte ich, sich lieben ist Hand in Hand sitzen und sich lange Briefe schreiben. Aber jetzt weiß ich, sich lieben ist eine furchtbar große Sache, und da muß man auch die ganz großen Dinge tun können, und – warum soll ich nicht auch leiden? Du leidest auch, und so viele, viele leiden. Nein, mein armer Hilmar, wenn ich auch keinen schicksalsvollen Mund habe, mit dem blauen Sonntagskittel ist es doch nichts. Aber sei ruhig, wir werden schon den richtigen Weg finden.« Und sie strich sanft mit der Hand über seinen Ärmel hin.

»Lolo! Lolo!« rief die Baronin, und der Baron klopfte an die Fensterscheiben. »Sie rufen, wir müssen hinein«, sagte Lolo.

»Da hinein kann ich jetzt nicht«, stöhnte Hilmar, »aber du, du mußt sicher und glücklich sein, und ich –

ich bin ein gemeiner Hund.« Dann beugte er sich über sie und drückte seine heißen, trockenen Lippen fest auf ihre Augen, schob sie dann von sich und lief in die Dunkelheit hinaus. Lolo stand noch einen Augenblick da, sie legte beide Hände auf ihre Brust und schaute mit heißen, fanatischen Augen in die Nacht hinein und berauschte sich an ihrem großen Schmerz.

Aus der Küchentür an der Schmalseite des Hauses schlichen drei in Mäntel gehüllte Gestalten dem Strande zu. Es waren Nini und Wedig, die sich aus dem Wohnzimmer fortgestohlen hatten und nun unter Ernestinens Führung ihrem Lieblingsabenteuer nachgingen: die Gräfin sehen. Dazu mußten sie die Düne hinaufsteigen, um auf der Rückseite des Wardeinschen Anwesens an das rechte Fenster zu gelangen. Es war ein Genuß, aus der dumpfen Luft der Wohnstube herauszukommen, die heute ohnehin schwer von Mißstimmung und Langeweile war, und sich mit dem Winde herumzuschlagen, die steilen Sandwände hinanzuklettern, mitten durch die nassen Wacholderbüsche hindurch, und sich vor allem zu fürchten, was ihnen in der Dunkelheit begegnen könnte. Jetzt sahen sie schon das kleine helle Viereck des Fensters, sie brauchten nur noch vorsichtig die Sandlehne herunterzusteigen, um dann leise heranzuschleichen, als Ernestine Alarm zischte. Sofort duckten alle drei hinter einem Wacholderbusche nieder. Dort vor dem kleinen hellen Viereck stand schon einer, eine kleine, schiefe Gestalt, und ein langes, regelmäßiges Profil hob sich scharf von den gelbbeleuchteten Fensterscheiben ab. »Exzellenz«, flüsterte Ernestine. Sie wagten sich nicht zu regen. Dieser kleine Mann dort, in der Dunkelheit vor dem Fenster stehend, erschien ihnen entsetzlich unheimlich.

Dann plötzlich war er nicht mehr da, war in die Nacht untergetaucht. Aber die drei Kinder wagten sich noch nicht vor, sondern kauerten still hinter ihrem Wacholderbusch. Und wieder tauchte eine Gestalt aus der Nacht auf und stand vor dem Fenster, eine schmale Gestalt, ein dunkler Kopf, ein feines Profil, das wie ein Schattenriß gegen die helle Scheibe stand. »Hilmar«, erklärte Wedig. Es schien ihnen, daß sie dieses Mal lange warten mußten, bis auch diese Gestalt in der Dunkelheit verschwand. Da erst trauten sie sich aus ihrem Verstecke heraus, an das Fenster heran und sahen Hans Grill am Tische sitzen und einen Brief schreiben, sahen Doralice in ihrem Sessel, den Kopf zurückgelehnt, mit weit offenen Augen verträumt vor sich hin sehend. Als Nini später oben in ihrem Schlafzimmer im Bett Lolo ihre Erlebnisse erzählte, sagte sie: »Weißt du, sie sah aus, als machte es sie furchtbar müde, so schön zu sein.«

»Ja, weil es eine furchtbare Verantwortung ist, so schön zu sein«, klang es feierlich und weise aus Lolos Bett zurück.

Elftes Kapitel

Um Mitternacht war ein Gewitter niedergegangen, und ein plötzlicher Sturm hatte sich erhoben, stoßweise sich um sich selber drehend, als käme er von allen Seiten zugleich, so daß die Wellen sich hoch aufreckten und wie betrunken taumelten. Allein es dauerte nicht lange. So plötzlich, wie er gekommen war, ließ der Sturm nach; von Westen her kam ein sanftes Wehen, das die Wellen streichelte und beruhigte. Ein wolkenloser Tag brach an, die Sonne schien auf ein prächtig grünes Meer nieder, der Strand war von dem ausgeworfenen Seetang überdeckt wie von schwarzer Seide, und die Luft war ganz voll vom scharfen salzigen Dufte des Meeres.

Hans und Doralice waren schon zeitig am Vormittage zu ihrem Platz auf der Düne hinaufgezogen. Doralice lag dort auf ihrer Decke im Sande und sah auf das Meer hinaus. Hans malte, und zwar malte er die Großmutter Wardein, die regungslos auf einem Stuhle dasaß, die Hände im Schoß gefaltet. Die harte, runzelige Haut des Gesichtes glänzte in der Sonne, als sei noch eine Spur alter Vergoldung an ihr haftengeblieben, und die trüben gelben Augen schauten in die Weite mit einem Blick, der starr auf eine sehr große gleichgültige Ferne hinaussieht. Hans sprach während des Malens über seine Kunst. Seit gestern sprach er viel und eifrig über seine Kunst und ihre praktischen Aussichten: »Es geht famos. Sie sind ein glänzendes Modell, Mutter Wardein. Einleuchtender kann ein Menschenschicksal nicht in Linien aufgehen als in Ihrem Gesicht. Na ja, natürlich, ein Porträt muß in uns die Vorstellung eines individuellen Lebens hervorbringen. Deshalb muß man auch Menschen malen, die man nicht kennt, sonst will man da zu viel hineinlegen. So zum Beispiel ist es mir deshalb schwer, dich zu malen, weil ich zu gut in dir Bescheid weiß.«

»Du weißt in mir Bescheid?« fragte Doralice.

»Natürlich.«

»Da weißt du mehr als ich«, meinte Doralice.

Hans legte seinen Pinsel fort und schaute Doralice verwundert an: »Sag mal, seit einiger Zeit jetzt hast du zuweilen solche Aussprüche unangenehmer Lebensweisheit wie der Geheimrat.«

Doralice seufzte: »Ach ja, angenehm ist es nicht, die Ähnlichkeit mit dem Geheimrat in sich wachsen zu fühlen.«

Hans zuckte mit den Achseln und griff nach dem Pinsel. Jetzt schwiegen sie. Doralice spähte aufmerksam zum Strande hinunter, als könnte dort unten etwas sich ereignen, das sie anginge. Karren standen dort unten und kleine struppige Pferde und Fischer, die den Seetang aufluden, um ihn auf ihre Äcker zu führen. Und eine kleine graue Gestalt mit wehendem Kopftuche ging ruhelos am Meere hin und her, zuweilen stehenbleibend, um auf die See hinauszuschauen. »Unser Steege ist noch nicht zurück?« fragte Hans. »Ich sehe die Frau dort unten noch immer hin und her laufen.«

»Ob der nun auch kommen wird«, antwortete die Alte mit einer Stimme, die tief wie eine Männerstimme klang, »ob er nun mit dem Boot kommen wird oder ob er ohne Boot kommen wird, das kann man nicht wissen. Der Mathies, mein Mann, kam am zweiten Tage dort nicht weit vom Friedhofe ohne Boot heraus. Der Ernst, mein Sohn, kam gar nicht heraus. Na ja, so ist der Steege, wenn keiner fahren will, dann fährt er, dann glaubt er, daß er alle Fische allein haben wird. Häßlich blies es schon, als ich um Mitternacht nachsehen ging. Ich gehe immer um Mitternacht nachsehen, das ist noch von der Zeit, als ich auf meine wartete.« Die tiefe heisere Stimme sprach ruhig vor sich hin, nicht, als spräche sie für die anderen, sondern als könnte sie, einmal in Schwung gebracht, nicht sogleich wieder verstummen. Doralice richtete sich ein wenig auf, um die Fischersfrau am Strande besser sehen zu können, die rastlos an dem Saum der brandenden Wellen entlangirrte und wartete, auf das Schreckliche wartete, und was die Mutter Wardein da erzählte, war es nicht auch ein endlos langes Leben, in dem sie immer wieder auf das Schreckliche gewartet hatte? Doralice zog die Augenbrauen zusammen, sie hätte weinen können, nicht aus Mitleid, sondern weil all dieses Dunkle plötzlich so nah an sie herankam. Der Morgen mit seinem Licht, seinem Duft, seinem Wehen hatte ihr voller Versprechungen geschienen. Das war vielleicht sinnlos, aber es tat wohl. Nun war all das vorüber. Mutlos warf sie sich zurück, sie mochte nicht mehr sehen und hören. Dennoch trieb es sie bald wieder, die Augen zu öffnen, um zu sehen, ob die graue Gestalt unten noch da sei. Sie war da. Aber etwas anderes kam noch durch den Sonnenschein, Hilmar, im blauen Flanellanzuge, die rote Krawatte leuchtete von weitem; er ging schnell mit wippendem Schritt, wiegte sich leicht in den Schultern, und jede Linie in der blauen Gestalt, die sich lustig gegen das grüne Meer abhob, war so voll unternehmenden Leichtsinns, daß Doralice lächeln mußte. Hilmar ging zu den Booten hinab, wo er den jungen Stibbe fand. Er befahl, ihm das Segelboot herzurichten, heute mußte gesegelt werden, solch ein Wetter kommt nicht wieder. Hilmar wollte segeln, aber es war noch ein anderer Wunsch, der heute mit ihm aufgestanden war, einer jener Wünsche, die wie ein Fieber in ihm brannten, er wollte mit Doralice segeln. Ganz gleich, ob das wahrscheinlich, ob das möglich war, er wußte nur das eine, er mußte mit Doralice segeln. So ging er denn geradewegs die Düne zum Ehepaar Grill hinauf.

Er kommt geradewegs zu uns, dachte Doralice, ein toller Junge. Auch Hans sah ihn kommen, und das Blut stieg ihm heiß in die Schläfen. Als jedoch Hilmar vor ihnen stand und grüßte, sagte Hans ruhig und freundlich: »Guten Morgen, Herr Baron, schöner Morgen.«

»Guten Morgen«, erwiderte Hilmar, ein wenig atemlos vor Erregung, »die Herrschaften sind schon fleißig. Ah, Mutter Wardein, ja, die würde ich auch malen, wenn ich könnte. Es muß sein, als ob man die Ewigkeit malt.«

»Gutes Segelwetter«, bemerkte Hans.

»Glänzend!« beteuerte Hilmar, »das Meer ist heute wie eine Wiege. Ja, und da wollte ich fragen«, er wandte sich an Doralice, »ob Sie, gnädige Frau, nicht mitfahren wollen? Für drei ist im Boote Platz, und Stibbe und ich sind sichere Segler.«

Doralice schaute überrascht zu ihm auf, und dann mußte sie über den eigensinnigen, entschlossenen Ausdruck seines Gesichtes lächeln. »O ich«, sagte sie, »ich glaube nicht, daß mein Mann das gestattet.«

Hans hatte mit dem Pinsel voll Zinnober einen so kräftigen Hieb gegen das Bild geführt, daß die Wange der Mutter Wardein eine breite rote Schramme erhielt, und es wunderte ihn, als er seine eigene Stimme ruhig und überredend sagen hörte: »Warum nicht? Heute ist wohl keine Gefahr dabei. Wenn es dir Vergnügen macht, der Baron ist ja ein sichrer Segler.«

Es war ein seltsam erstaunter und kalter Blick, mit dem Doralice Hans ansah: »Das ist etwas anderes«, sagte sie, »dann also wollen wir fahren. Kommen Sie, Baron.« Sie erhob sich, nickte Hans kurz zu, dann gingen sie die Dünen hinab.

Hans saß noch einige Augenblicke da und kratzte den roten Strich vom Gesicht der Mutter Wardein ab. Plötzlich warf er alles fort, stellte sich auf den Rand der Düne und schaute den beiden nach. Die waren schon bei den

Booten, er sah Doralice einsteigen, sah Stibbe und Hilmar das Boot flottmachen, nun saßen sie alle drei darin, und wunderbar leicht klomm das Fahrzeug die ersten grünen Wellenberge hinauf. Ohne sich um die Mutter Wardein zu kümmern, stürmte Hans die Düne hinab an das Meer, dort begann er auf und ab zu gehen, zuweilen stehenbleibend, dem Segel nachzuschauen, und wenn er dastand und an seinem Barte zauste, sah er aus wie ein schöner gewalttätiger Bauernbursche. Am liebsten hätte er auf das Meer hinausgebrüllt, und ihn fror hier in der heißen Mittagsonne. Für wen spielte er denn diese dumme Komödie des Vertrauens und der großmütigen Gelassenheit? Vertrauen? Was wußte er denn von dieser Frau? Er wußte nur, daß gegen den Gedanken, sie zu verlieren, sich jeder Tropfen seines Blutes sträubte. Er war ja keine bucklige Exzellenz, um abgeklärt und skeptisch zu sein. Aber das war es, diese Eifersucht schmerzte ihn wie eine Schande, sie demütigte ihn, zerbrach den Stolz und die Selbständigkeit, ohne die er nicht leben zu können meinte. Nein, das mußte anders werden, sonst war es aus mit ihm, sonst war er sein ganzes Leben hindurch nichts weiter mehr als der Herr, der die Gräfin Köhne entführt hat und sie nun bewacht. »Ich sehe immer noch nichts«, hörte er eine klagende Stimme neben sich. Die Frau des Fischers Steege stand neben ihm und schaute mit müden Augen in das Flimmern des Meeres. Weiter fort aber auf der Düne erschienen Frauengestalten, das weiße Pikeekleid der Generalin wehte im Winde, Fräulein Bork war dort und die Baronin Buttlär. Sie hielten sich Operngläser vor die Augen und schauten auf das Meer, dem weißen Segel nach, das lustig in das Mittagglitzern der Sonne hinausglitt. Dort aber bei dem weißen Segel saß Hilmar

Doralice gegenüber und schaute sie an. Doralice war ernst, sie hatte die unklare Empfindung, als sei sie von Hans gekränkt worden; als sei es treulos von ihm, daß er sie so ruhig fahren ließ. Aber Hilmars Gesicht lachte ein so glückliches, so ausgelassenes Lachen, das Lachen eines Knaben, der der Schule entlaufen ist, um sich einen unerlaubten Feiertag zu machen, so daß sie mitlachen mußte und plötzlich auch die ausgelassene Ferienlustigkeit in sich aufsteigen fühlte. Und der junge Stibbe, der an der anderen Seite des Bootes saß, um das Segel zu bedienen, verzog auch sein braunes, mit weißblondem Flaum bedecktes Gesicht zu einem breiten Lachen. »Sehen Sie«, sagte Hilmar, »wenn Sie nicht gefahren wären, wenn Sie nicht hier säßen, ich weiß nicht, was ich getan hätte. Aber ich wußte, es muß geschehen.«

»Gut, gut, ich sitze ja hier«, antwortete Doralice, »aber sprechen Sie jetzt nicht solche – – solche heiße Sachen.«

»O nein! Gewiß nicht«, rief Hilmar begeistert, »es ist auch gar nicht nötig, es ist gar nichts mehr zu sagen. Sie sitzen da, Worte können da nicht mehr heran. Gespräche haben überhaupt für mich in letzter Zeit etwas Fatales. Miteinander sprechen, das kann jeder, miteinander sein, das ist die Kunst. Also, wenn Sie vielleicht müde sind, hier ist eine Decke, hier ist ein Polster, Sie können ein wenig schlafen. Es würde doch die unterhaltendste Stunde meines Lebens sein. Sie wollen nicht? Nun, legen Sie sich dieses Polster in den Rücken und dieses hier unter die Füße, so – nun wäre nichts mehr zu bemerken, außer vielleicht, daß Sie noch ein wenig zufriedener aussehen könnten. Haben Sie bemerkt, wenn ein Kind etwas ganz Süßes ißt, dann wird es ernst, und die Augen werden groß und füllen sich etwas mit Tränen. So sollten Sie aussehen.«

»Ach«, meinte Doralice ungeduldig, »wollen Sie mir auch sagen, wie ich bin?«

»Nein, nein«, versicherte Hilmar, »ich meine nur, in Ihren Augen ist noch ein ganz klein wenig von dem Blick von gestern abend zurückgeblieben.«

»Was ist das für ein Blick?« fragte Doralice.

»Nun, als Sie gestern abend bei der Lampe auf Ihrem Sessel saßen und vor sich hin sahen«, erklärte Hilmar. »Ja, ich habe durch Ihr Fenster zu Ihnen hineingeschaut; ich tue das immer, natürlich, was soll ich anderes tun? Sie finden das unerhört. Es ist vielleicht unerhört, aber ich würde noch viel unerhörtere Dinge tun. Sind Sie böse?«

»Ach ja«, sagte Doralice langsam und träge, »gewiß bin ich böse, aber später, nicht jetzt.«

»Gut, später«, schloß Hilmar die Unterhaltung. »Rauchen wir eine Zigarette.« Die Sonne schien heiß auf das Meer nieder, ihr gelber Glanz floß wie Öl an den Wellen herab, Möwen flogen ganz niedrig und langsam über das Wasser, und wie leichtes Flügelschlagen klang das Segel in dem schwächer werdenden Winde.

Als die Fahrt zu Ende war, als Doralice und Hilmar am Strande niedergeschlagen einander gegenüberstanden, reichte Doralice Hilmar die Hand und sagte: »Danke.« Hilmar zog die Augenbrauen zusammen. »Das Land«, versetzte er grimmig, »das Land ist eine Gemeinheit.« Dann trennten sie sich. Doralice ging lässig und zögernd nach Hause. Der Gedanke an das Mittagessen, an den Dampf der großen Kartoffeln, an Agnes' strengen, wachsamen Blick, und etwas anderes noch kam unerwartet, um sie zu quälen, ein Gefühl des Mitleids für Hans. Sie war die ganze Zeit über so weit fort von ihm gewesen, mit keinem Gedanken war sie zu ihm zurückgekehrt. Nun, wenn sie ihn jetzt zu Hause traurig oder böse oder unangenehm finden würde, so wollte sie liebenswürdig sein, und diese gute Regung tat ihr wohl.

Zwölftes Kapitel

Hans saß am gedeckten Mittagstisch und las. Als Doralice eintrat, schaute er auf und sagte mit seiner gewöhnlichen ruhigen Stimme: »Nun, hast du dich gut unterhalten?«

»Ja, sehr gut!« erwiderte sie.

»Das ist ja schön«, meinte Hans, »ich werde auch das Segeln lernen, damit du dieses Vergnügen auch ohne fremde Leutnants haben kannst. Aber jetzt wollen wir essen.«

Während der Mahlzeit schien Hans sich behaglich zu fühlen, er sprach wieder viel von seinen Plänen, er hatte einen Brief aus München bekommen, die Aussichten schienen gut. Es war dort der rechte Augenblick, um etwas zu unternehmen. Zuweilen sah er Doralice an und erwartete eine Antwort, und sie gab diese Antwort, allein sie klang abweisend und gereizt. Doralice glitt immer mehr in die Stimmung des Gekränktseins hinein. Hans schien das nicht zu bemerken, er war nur besonders rücksichtsvoll, stimmte ihr eifrig zu und behandelte sie wie jemand, der geschont werden muß. Der Nachmittag kam dann und füllte das Zimmer mit seinem gelben Sonnenschein. Hans sprach noch immer weiter von all diesen Dingen, die, wie es Doralice schien, nichts mit ihr zu tun hatten. Immer wieder hieß es: »Wenn wir in München sein werden«, so daß Doralice ungeduldig ihn unterbrach: »In München? Aber das wird noch lange nicht sein.« Hans blieb vor ihr stehen: »Nicht? So, hm. Gut also, dann bleiben wir hier.«

Nachdenklich zerrte er an seinem Barte und nahm wieder seinen Gang durch das Zimmer auf. »Das ist nur«, begann er endlich, »etwas muß der Mensch zu tun haben. Ich fürchte, wenn wir länger hierbleiben, werde ich noch ganz zum Fischer. Ich träume des Nachts schon von Fischen.«

»Das ist ja gut«, meinte Doralice.

»Vielleicht!« fuhr Hans fort. »Fährst du heute nacht mit uns aufs Meer hinaus?«

Nein, sie mochte nicht. »Dann etwas anderes«, schlug Hans vor. »Es würde dich vielleicht unterhalten, bei Agnes ein wenig kochen zu lernen.«

»Bei Agnes?« Nein, dazu hatte Doralice gar keine Lust. Nun ja, das fand er am Ende verständlich, aber da hatte dieses Fräulein Bork ihm von den Fischerkindern vorgesprochen. Sie hatte gemeint, so eine Art Unterricht könnte viel Segen stiften; man könnte sich liebevoll mit diesen Armen beschäftigen.

»Willst du mich beschäftigen?« fragte Doralice.

»Ich suche nach etwas, das dir guttut«, erwiderte Hans, aber sie fuhr gereizt fort: »Soll das so etwas wie der Anfang einer Erziehung für mich sein?«

Hans errötete: »Nein, nein, gar nichts soll es sein.« Er wandte Doralice den Rücken und schaute zum Fenster hinaus. Draußen von der Düne her kamen ein Mann und eine Frau herauf, der Fischer Steege, der endlich doch heimgekommen war, und seine Frau. Er ging breitbeinig und gemächlich einher, als sei nichts geschehen, und die kleine Frau trottete hinter ihm her, alle Aufregung war von ihr gewichen, und wie sonst schaute sie mit mürrischer Geduld vor sich nieder auf ihre nackten Füße, um die großen Kieselsteine zu vermeiden. Dieser Anblick gab Hans wieder ein wenig guter Laune zurück. »Der Steege ist doch wieder heimgekommen«, meldete er, »und die Frau, wie sie hinter ihm her geht. Sie macht ein Gesicht wie ein verdrießlicher Gläubiger, dem ein säumiger Schuldner endlich doch seine Schuld bezahlt hat. Sie kassiert ihren Mann ein.« Dann wandte er sich zu Doralice um, lächelte gutmütig und sagte: »Ich denke, wir machen einen Spaziergang. Draußen werden wir vielleicht auch wieder so selbstverständlich nebeneinanderher gehen, wie die Steeges da.«

Sie machten den Spaziergang landeinwärts an der Zibbe Waldhüterei vorüber zur Föhrenschonung hinauf. Die jungen Bäume standen dort in gleichen Abständen voneinander da, rosa Stämme und blaugrüne Schöpfe, schnurgerade gelbe Wege durchschnitten den Bestand. Hier war die Luft heiß und schwer von Harzduft. Hans versuchte sich zu begeistern: »Wunderbar! Farbe, Farbe! Und was für eine! Daraus kann man hunderttausend Mäntel für venezianische Madonnen schneiden.«

»Ich finde, es sieht hier aus wie in einer Schulstube während der Nachmittagstunde«, sagte Doralice abweisend. Hans lachte darüber sehr laut, denn er hoffte, Doralice würde mitlachen: »Schulstube! Sehr gut, aber was für eine. Grünblaue Wände und goldener Fußboden und der Duft. Wenn wir in solchen Schulstuben gesessen hätten, dann wären wir andere Kerle.« Doralice lachte nicht mit. Es fiel sie hier plötzlich ein unerträglich starkes Verlangen nach dem Meere im Mittagsonnenschein, nach dem Segelboot, nach Hilmar, nach dem jungen Stibbe an, wie es ja zuweilen geschieht, daß die Sehnsucht nach einer vergangenen glücklichen Stunde uns so stark anpackt, daß es schmerzt, und sie mußte davon sprechen: »Der Baron Hamm sagt«, begann sie, »das Meer sei heute grün, durchsichtig und süß wie russische Marmelade.«

»So, sagte er das?« meinte Hans wegwerfend. »Ja, so ein Leutnant hat immer was mit Süßigkeiten zu tun. Und dann ißt er sie, und dann schenkt er sie, und dann sagt er sie, und er ist nicht eher zufrieden, als bis er das ganze Meer zu Marmelade gemacht hat.«

Doralice erwiderte nichts, und schweigend gingen sie eine Weile nebeneinander die geraden Wege entlang. Als die Sonne rot durch die Birkenstämme schien, schlugen sie den Heimweg ein. Sie begegneten Arbeitern, vom Felde zurückkehrend, Männer in weißen Leinwandhosen, hinter ihnen her die Frauen mit dem Grützespann in der Hand. Hier und da blieb ein Paar an einer der kleinen Katen stehen; der Mann öffnete die Tür, bückte sich, um hindurchzugehen, die Frau folgte ihm; so verschwanden sie in dem schwarzen Loche, und mit einem knarrenden Ton fiel die Tür ins Schloß. Und als Hans und Doralice an ihrer Wohnung angekommen waren und er voran durch die Tür ging, sich ein wenig bückend, seufzte Doralice und dachte: Das ist so wie bei den kleinen Katen; man verschwindet still in dem schwarzen Loch, die Tür knarrt, die Welt voll schöner, erregender Möglichkeiten bleibt draußen.

Das Abendessen kam mit seinen Flundern und großen Kartoffeln, Hans aß eilig und viel, er sprach aufgeräumt mit Agnes und schien sich auf das Hinausfahren zum Fischfang zu freuen. Bald stand er vom Tische auf, um sich umzukleiden, und ging dann fort. »Gute Nacht, schlafe wohl«, sagte er und küßte Doralice auf die Stirn. Agnes brummte etwas von »in der Nacht fortrennen« und daß das keine Manier sei.

Die Nacht brach herein, Agnes hatte die Lampe gebracht und sich mit einem mürrischen »Gute Nacht!« entfernt. Doralice rückte den Sessel näher nach dem zum Meer geöffneten Fenster und streckte sich behaglich in ihm aus. Es schien ihr, daß da Bilder und Träume waren, die den ganzen Nachmittag über schon auf sie gewartet hatten, nun konnten sie kommen. Draußen war es sternhell, ein sanfter Landwind brachte von den Kleefeldern und Föhrenwäldern Düfte herüber. Das Meer hatte heute ein seltsam zögerndes, lässiges Rauschen. Zeitweise schien es zu schweigen, dann fuhr eine Welle auf und murmelte etwas, und nach einer Weile erst erwachte eine andere und antwortete verträumt, und auf den Kieseln des Strandes klapperten die schweren Schritte der stillen Liebespaare. Doralice hatte die Augen geschlossen und wollte ihren Gedanken nachhängen, allein aus den Gedanken wurde ein Traum, und sie schlief ein. Sie träumte von dem Garten des Schlosses, sie ging mit Hilmar einen der geraden, endlosen Wege entlang, und zu beiden Seiten auf den Beeten standen Gladiolen, ganz hohe feuerrote Gladiolen. Und plötzlich stand der alte Graf da mitten in einem der Beete, knietief in den Gladiolen. Sein Gesicht war klein, grau und kraus von Fältchen. Er stand da und schaute auf seine Uhr, die er in der Hand hielt. »Nun sieht er uns«, sagte Hilmar, »nun ist es gleich«, und er beugte sich über sie und küßte sie.

Und dann wußte Doralice, daß sie nicht mehr schlief, daß Hilmar da war, daß sie die ganze Zeit über auf ihn gewartet hatte und daß er sie küßte. Sie hielt die Augen noch geschlossen, erst als Hilmar ihre Hände nahm und sagte: »Wie kalt Ihre Hände sind, Sie frieren vor Einsamkeit«, da öffnete sie die Augen. Hilmar kniete neben ihr, und seine Augen ruhten wieder auf ihr mit jenem eigensinnigen, gewaltsamen Begehren, das sie schwach machte, sie fast schmerzte. »Warum sind Sie hier?« fragte sie.

»Warum?« erwiderte Hilmar ungeduldig, »wo soll ich denn anders sein? Zu den anderen gehöre ich nicht mehr, das wissen Sie ganz gut, Doralice.«

»Nein, das ist schlecht«, erwiderte Doralice.

»Schlecht, vielleicht«, erwiderte Hilmar, »aber *unsere* Schlechtigkeit, Ihre und meine. Und wenn die anderen verfluchen und verfemen, dann sind wir erst miteinander allein, so wie heute mittag auf dem Meer. Dann können wir uns ein Leben erfinden, das ganz unser Leben ist. Es ist ja zu dumm, immer das Leben zu leben, das die anderen sich für uns ausdenken. Nein, hören Sie, Sie können nicht das Leben des Herrn Grill leben, und ich kann nicht der Bräutigam meiner kleinen Heiligen sein, das ist doch verständlich. Also, morgen soll ich zu meinem Regiment zurück, um mich zu bessern. Aber Sie werden sagen, daß ich bleiben soll, und ich bleibe, und das Regiment und die Uniform und alles, alles zählt nicht. Und Sie, Doralice, werden Herrn Grill entlassen.«

»Sprechen Sie nicht so«, unterbrach ihn Doralice. »Er ist gut.«

»*Gut! Gut!*« rief Hilmar, »natürlich ist er gut, alle sind sie gut, die anderen, nur wir sind nicht gut, wir *können* nicht gut sein, daher sollen sie uns unseren eigenen Weg gehen lassen.«

Doralice seufzte, seufzte ganz tief und sagte dann leise: »Jetzt müssen Sie gehen.«

»Ja, jetzt, jetzt«, wiederholte Hilmar. Er schüttelte Doralices Hände, die er fest in den seinen hielt, und ein ausgelassener Triumph leuchtete aus seinen Augen: »Sie sagen jetzt, aber ich kann kommen und dann – dann –«

Am Fenster, das nach der Düne hinausging, stand einen Augenblick Lolo, und das weiße Gesicht schaute ernst in das Zimmer hinein.

Lolo war, wie jeden Abend, mit Nini in ihre Giebelstube hinaufgestiegen und hatte sich zu Bett gelegt. Dort lag sie wach da und schaute mit weit offenen Augen in das Dunkel hinein. Sie dachte ihren einen großen, unklaren Gedanken, den sie all diese Tage über mit sich herumgetragen hatte, der in ihr gewachsen und mächtig geworden war. Ein Opfer, ein Opfer wollte sie bringen. Die wirren Qualen und Enttäuschungen ihrer Liebesgeschichte ertrug sie nicht länger, so flüchtete sie sich denn in den Rausch, wie ihn so stark nur der Wille zum Opfer einem Frauenherzen gibt. Das war jetzt ihr Erlebnis, und es erfüllte sie ganz mit Andacht vor der eigenen Seele. Sterben war leicht. Sie wollte in das Meer hinausschwimmen, weit, weit über die Sandbank hinaus. Sie wollte schwimmen, bis diese Müdigkeit kam, die sie kannte, in der wir nichts anderes wünschen, als uns willenlos und untätig auf dem Wasser auszustrecken. Ja, und dann würde es sich vollziehen, das dunkle Ruhevolle, und all die furchtbare Spannung des Fühlens und Wollens würde sich lösen. Sobald es im Hause still war, stand Lolo auf. Sie kleidete sich in ihren Badeanzug, hüllte sich in ihren Mantel und schlich hinaus. Draußen die Nacht schwarz und warm, am Himmel große, sehr helle Sterne. So hatte sie es erwartet, das war in Ordnung. Als sie in Wardeins Anwesen noch Licht im Fenster sah, wollte sie herangehen und hineinschauen aus unklarem Verlangen nach noch mehr Bitterkeit und Schmerz. Sie sah Doralice im Sessel sitzen und Hilmar neben ihr knien, allein das erschütterte sie nicht stark, sie hatte das erwartet, auch das mußte so sein. Ruhig stieg sie zum Meere hinunter. Dort legte sie ihren Regenmantel, ihre Schuhe ab und ging in das Wasser. Kleine laue Wellen sprangen an ihr empor. Sie begann zu schwimmen, ein unendliches Wohlbehagen durchrieselte ihren Körper. Schwarze Wellenhügel, in denen die Sterne sich spiegelten wie rege goldene Pünktchen, hoben sie sanft empor und ließen sie wieder sanft in schwarze, goldbestirnte Wellentiefen gleiten. All das Heiße, Enge, Drückende fiel von ihr ab, sie wußte nicht mehr, warum sie hier war, sie wußte nur, daß sie glücklich war und daß sie weiter hinaus mußte. Zuweilen legte sie sich auf den Rücken und schaute hinauf, und es war ihr dann, als fiele sie in einen schwarzen Abgrund, in dem goldene Sterne durcheinanderwirbelten. Und weiter ging es, einmal schien es ihr, als stünde dort schwarz in all dem Schwarzen wie eine Vision ein Boot regungslos auf dem Wasser. Ihr Schwimmen wurde eiliger, angestrengter, als gäbe es ein Ziel für sie, das sie zu erreichen hatte. Und dann plötzlich lähmend überkam sie das Bewußtsein der furchtbaren Weite um sie her, der furchtbaren Tiefe unter sich. Angst benahm ihr den Atem, alles wurde feindlich, alles war gegen sie, und sie mußte kämpfen mit diesen Wellenhügeln, die ihr jetzt hart und kalt wie schwarzes Metall erschienen. Sie rief einige Male in die Nacht hinein und arbeitete dann weiter, schlug sich herum mit etwas, das sie niederdrücken und niederziehen wollte, und dann schien alles fort.

»Nu haben wir den kuriosen Nachtfisch«, sagte Stibbe und hob Lolo in sein Boot hinein; »dacht's mir, das ist die Marjell vom Bullenkruge. Wasser hat sie schon geschluckt. Nimm du sie, Andree, du weißt ja mit Marjellen umzugehen.«

Andree nahm Lolo in Empfang, die wie leblos dalag, hüllte sie in seinen Mantel, redete ihr zu: »Immer nur das Wasser ausspucken, Fräuleinchen, immer nur ausspukken.« Ärgerlich machte Stibbe sich ans Rudern: »Jetzt schnell nach Hause«, brummte er, »sonst verfriert sie uns. Das sind so die städtischen Dummheiten, ins Wasser zu gehen! Wen es will, den holt es sich schon selber. Wir wollen die Marjell zu Wardein bringen, dahin ist es näher. Laß die Städter dann ihre Dummheiten miteinander ausmachen.«

Doralice war wieder allein in ihrem Zimmer, als die Männer zu ihr eintraten. Sie verstand nicht gleich. Da stand der Fischer Stibbe und noch einer, und Stibbe trug jemand, er trug Lolo, die ganz bleich war und die Augen geschlossen hielt, ihr Haar, schwer und feucht, hing lang über den Arm des Fischers herab.

»Die haben wir nun aufgefischt«, sagte Stibbe, »da weit draußen, die wollte nicht mehr zurück. ›Was ist denn das für ein Nachtfisch‹, sagte ich zu Andree, und wir sind ihr nachgefahren. Ach, die lebt schon, die lebt ganz gut. Nur Wasser hat sie geschluckt. Wo soll ich sie hinlegen? Aha, da drin aufs Bett. Andree ist zum Bullenkrug hinauf, es der Mamsell zu sagen, damit sie sie holt.«

Lolo wurde auf das Bett gelegt, Stibbe wiederholte

noch einmal: »die lebt ganz gut«, dann gingen die Männer. Der Lärm hatte Agnes herbeigerufen, und sie übersah sofort die Lage, machte sich über Lolo her, entkleidete sie, hüllte sie in Decken, rieb sie, immer schweigsam und mürrisch, nur einmal bemerkte sie: »Sie macht die Augen nicht auf, nicht, weil sie nicht kann, sondern weil sie nicht will.« Endlich beschloß sie, einen heißen Tee zu kochen, Doralice sollte nur weiterreiben.

Doralice kniete am Bett und rieb die Glieder des regungslos daliegenden Mädchens. Lolo seufzte, schlug die Augen auf und schaute Doralice ernst an. Das schmale Gesicht hatte in seiner Ruhe etwas Strenges, Ältliches.

»Wie – wie ist Ihnen jetzt?« fragte Doralice.

»Gut«, sagte Lolo mit einer Stimme, als antworte sie auf eine müßige, gleichgültige Frage. Aber Doralice beugte sich leidenschaftlich über sie, als wollte sie sie erwärmen und beschützen. »Wie konnten Sie das tun?« flüsterte sie.

Lolo zog ein wenig die Augenbrauen empor und sagte in demselben kühlen, überlegenen Tone: »Er kann nichts dafür. Das wußte ich, als ich Sie sah, er wird nicht anders können, und Sie – Sie können nichts dafür, daß Sie so schön sind.«

»Nein, das will ich nicht«, rief Doralice fast zornig. »Er soll bei Ihnen bleiben, er soll Sie lieben, er soll, soll.«

Lolo wandte den Kopf zur Seite und schloß die Augen, als wollte sie Ruhe haben, und sagte kummervoll und müde: »Ja, jetzt, jetzt weiß ich nicht.«

Doralice wagte nicht mehr zu sprechen. Sie kniete dort vor dem Bett, und ein unerträgliches Gefühl der Demütigung machte sie elend. Im Nebenzimmer wurde es wieder lebhaft. Die laute Stimme der Generalin ließ sich vernehmen: »Wo ist sie? Wo liegt sie? Heißen Tee haben Sie da, liebe Frau, das ist gut.« Dann erschien die Generalin in der Schlafzimmertür, sie hatte ihren Strohhut über ihre Nachthaube aufgesetzt und ihren Regenmantel über ihr Nachtkleid angezogen. Sie war rot und atemlos: »Kind! Kind!« rief sie, »was sind das für Geschichten! Hat man je so was gehört! Daß ich so was erleben muß. Wo ist der heiße Tee, liebe Frau?«

Fräulein Bork und Ernestine waren auch da, mit Tüchern und Mänteln beladen, und nun begann ein Kommandieren und Hinundhergehen, und dazwischen schalt die Generalin immer weiter: »Das ist die Buttlärsche Übertriebenheit, die dummen Buttlärschen Herzen. Von mir habt ihr das nicht. Liebe Köhne, geben Sie ein Handtuch her, wir müssen das Haar noch trocknen. Zu meiner Zeit verlobte man sich auch und verliebte sich auch und war eifersüchtig, denn die Männer taugten damals auch nicht viel, aber gestorben sind wir daran nicht. Aber die heutige Jugend, die ist ja wie betrunken!«

Lolo ließ alles willenlos wie eine Puppe mit sich geschehen. Endlich stand sie in Tücher und Mäntel gehüllt da, von Fräulein Bork und Ernestine gestützt. »Geht jetzt nach Hause«, befahl die Generalin, »aber leise, daß meine Tochter nicht aufwacht, es ist genug, wenn morgen das Gerede anfängt. Steckt das Kind ins Bett, eine Wärmflasche und Baldriantee, also vorwärts, ich bleibe noch einen Augenblick hier. Sie erlauben schon, meine Liebe«, wandte sie sich an Doralice.

So wurde Lolo fortgeführt.

»Kommen Sie, liebe Köhne«, sagte die Generalin, nahm Doralices Arm und führte sie in das Wohnzimmer; »setzen Sie sich, Sie sind ja weiß wie ein Tuch. Ich will mich auch ein bißchen hersetzen, so was fährt einem in die alten Knochen.« Seufzend nahm sie in einem Sessel Platz und sann eine Weile schweigend vor sich hin. Das große Gesicht war jetzt bleich und sah alt und kummervoll aus.

»Nein!« begann sie dann wieder, »das habe ich nicht vorausgesehen. Ich bin sonst nicht dumm, aber das habe ich nicht erwartet. Mit unserem Aufenthalte hier wird es wohl nun zu Ende sein. Schade! Sie, meine Liebe, habe ich immer verteidigt. Meine Tochter tat so, als seien Sie ein reißendes Tier, aber ich habe Sie verteidigt. Nun ja, Sie sind Ihrem alten Grafen davongelaufen. Das muß man nicht tun, schon wegen der Moral, aber es war eine dumme Heirat, und Sie haben sich von Ihrem Maler entführen lassen, nun gut. Aber jetzt, meine Liebe, ist es doch genug, man kann sich doch nicht immerfort entführen lassen. Vom Sichentführenlassen kann doch keiner leben. Und dann, die Kleine hat nun mal diesen Bräutigam, ich habe ihn ihr nicht ausgesucht, aber er ist ihr gegeben worden, und sie hat sich in ihn verliebt. Die Buttlärs besorgen so etwas immer gründlich. Sie können ihn ihr doch lassen.« Die Generalin hielt einen Augenblick inne, um Atem zu schöpfen, Doralice saß regungslos da, und über ihr bleiches Gesicht rannen unablässig Tränen herab. »Sie sind bildhübsch, meine Liebe«, fuhr die Generalin fort, »aber was hilft das? Versuchen Sie doch mit Ihrem Maler ordentlich zu leben, er scheint ja ein ganz guter Mensch zu sein. Sich entführen lassen, das geht schnell. Mich hat zwar nie jemand entführt, ich hatte es auch nicht nötig, ich war mit meinem Palikow immer recht zufrieden, aber ich denke mir das so, nach dem, was ich um mich sehe. Aber mit dem Herrn, der einen entführt, leben, das ist die Kunst. Glauben Sie mir, man kann sehr gut leben, auch ohne daß ein Mannsbild immer vor einem auf den Knien liegt. Und dann noch eins. Wenn der junge Mensch morgen zu Ihnen herrennt, sagen Sie ihm ein vernünftiges Wort. Sie haben ihn unvernünftig gemacht, machen Sie ihn auch wieder vernünftig. So, und nun will ich gehen. Sie, meine Liebe, müssen schlafen, sonst werden Sie krank, und davon hat auch keiner was.«

Die Generalin erhob sich, streichelte mütterlich Doralices tränenfeuchte Wangen und ging hinaus. Doralice blieb auf ihrem Platze sitzen und starrte mit angstvollen Augen vor sich hin. Sie zog die Füße auf den Sessel hinauf, umschlang ihre Knie mit den Armen, kroch ganz in sich zusammen. War sie das, von der die alte Frau so gesprochen hatte? Sahen die Leute sie so? Sah sie so aus? Widerwille und Furcht stiegen in ihr auf, es war, als klebe etwas Unreines und Häßliches ihr an, das sie verzerrte und gespenstisch machte.

Agnes kam herein und brachte Tee: »Den müssen Sie jetzt trinken«, sagte sie barsch. Doralice gehorchte, Agnes stand dabei, schaute aufmerksam zu und murmelte: »Das kommt davon, Hans ist auch schuld. Ich habe es ihm gesagt, was rennt er immer fort. Man paßt doch auf, wenn man eine hat, die schon einmal einem fortgelaufen ist. Na, aber die alte Frau hat hier bei uns auch nichts zu predigen. Sie soll ihre Marjellen und Jungherren strammer halten. Und jetzt müssen wir schlafen gehen.«

Sie faßte Doralice an beide Arme, um sie aus dem Sessel zu heben, führte sie in das Schlafzimmer, kleidete sie aus, wie man ein Kind auskleidet, half ihr in das Bett hinein und deckte sie fest zu. »Jetzt schlafen«, sagte sie, »das kann nie schaden«, und löschte das Licht aus.

Dreizehntes Kapitel

Als Doralice erwachte, hörte sie, daß im Nebenzimmer gesprochen wurde. Hans mußte von seiner Nachtfahrt zurück sein, und Agnes erzählte ihm etwas flüsternd, so daß es wie ein fortgesetztes Zischen klang. Nur selten warf Hansens tiefe Stimme Worte mit hinein. Das dauerte ziemlich lange, plötzlich brach das Gespräch ab, eine Tür ging, und es wurde ganz still. Draußen war es sonnig, und ein Wind schien zu gehen, denn die Netze, welche vor Doralices Fenster zum Trocknen aufgehängt waren, wiegten sich hin und her. Auf dem Zaun saßen zwei Kinder, trommelten mit den nackten Füßchen an die Bretter und sangen mit den schrillen Stimmen in den Wind hinein: »Henne, henne, helle, helle, ho, ho!« Doralice drückte sich fest in ihre Kissen. In ihren Gedanken begann die peinvolle Arbeit, den vergangenen Tag an den beginnenden zu knüpfen. Die Ereignisse der Nacht kamen, sie meldeten sich wie Gläubiger, die ihre Rechnung präsentieren. Vor allem aber meldete sich jene unheimliche, gespenstische Doralice, von der die Leute wie von einem reißenden Tier sprachen, die davon lebte, sich entführen zu lassen, und die junge Mädchen in den Tod trieb. Zum ersten Male in ihrem Leben empfand Doralice sich selbst als eine Qual.

Agnes kam herein und brachte den Tee, Doralice sollte ihn heute im Bett trinken. Agnes stand dabei und berichtete, Hans war zurück, sie hatten viele Fische gefangen. Vom Bullenkruge war zum Strandwächter geschickt worden nach den Pferden, sie sollten das Gepäck zur Bahn bringen. Ja, und dann war der junge Herr vom

Bullenkruge dagewesen, er wollte die Gnädige sprechen. »Was soll ich ihm sagen, wenn er wiederkommt?« schloß Agnes ihren Bericht, und in den trüben Augen der alten Frau entzündeten sich grünliche Funken wie in den Augen böser Hunde. Doralice errötete unter diesem Blicke, und es klang gequält und zornig, als sie hervorstieß: »Ich will ihn nicht sehen. Sag ihm, er soll abreisen. Ich will ihn nicht sehen, nie.«

»Werd es ausrichten«, brummte Agnes und ging.

Eine Weile später, als Doralice gerade vor dem Spiegel saß, ihr Haar kämmte und ihr Gesicht im Spiegel aufmerksam betrachtete, als wäre es ihr neu, da wurden im Nebenzimmer Stimmen laut. Agnes sprach mit tiefer Stimme deutlich und langsam, wie sie am Sonntagmorgen sich selbst ihre Bibel vorzulesen pflegte: »Die Gnädige sagt, sie will den Herrn nicht sehen. Der Herr soll nur abreisen. Sie sagt, sie will ihn nicht sehen, nie. So sagte sie.«

Hilmars ein wenig schnarrende Stimme ließ sich vernehmen, und Agnes begann wieder: »Die Gnädige sagt, sie will den Herrn nicht sehen, der Herr soll nur abreisen. Sie sagt, sie will ihn nicht sehen, nie, so sagte sie.«

Einen Augenblick wurde es ganz still, dann klirrten Sporen, eine Tür ward zugeschlagen. Doralice trat an das Fenster, sie sah Hilmar die Düne hinabsteigen. Er war in Uniform. Anfangs ging er langsam und zögernd, den Kopf ein wenig gebeugt. Unten am Strande jedoch kam in seinen Gang wieder das hübsche, leichtsinnige Sichwiegen. Die Sonne erweckte in den Sporen, in den Knöpfen und Schnüren der Uniform helle Funken, überstreute die ganze Gestalt mit kleinen unruhigen Lichtern. O nein! dachte Doralice, es ergreift mich nicht, das zu sehen. Allein eine ferne Kindererinnerung kam, Doralice konnte nichts dafür, die Erinnerung kam, wie Träume ohne unser Zutun kommen und uns rühren. Ein Frühlingsabend im alten Garten zu Hause, die kleine Doralice steht einsam auf dem breiten Kieswege und sieht trübselig in den gelben Abendhimmel hinein. Da kommt eine Schar wandernder Musikanten, Männer mit blanken Hörnern und Trompeten. Sie stellen sich vor der Treppe auf und beginnen zu blasen, und sofort erfüllt sich der ganze stille Garten mit so köstlich lustiger Ausgelassenheit, daß Doralice mitsingen möchte und auf dem Kieswege zu tanzen beginnt. Da erscheint Miß Plummers auf der Treppe und winkt den Musikanten ab, sie sollen nicht spielen, die gnädige Frau hat Migräne. Es wird still, die Männer packen ihre Hörner und Trompeten ein und ziehen ab, ziehen die Landstraße hinunter dem schwefelgelben Abendhimmel entgegen, und die Strahlen der untergehenden Sonne funkeln in den großen Hörnern. Die kleine Doralice steht am Gartengitter und schaut ihnen mit schwerem Herzen nach. Ungeduldig wandte sich Doralice vom Fenster ab und kleidete sich an. Etwas Schweres und Wichtiges mußte sich heute noch begeben, sie mußte Hans begegnen. Unruhig schritt sie im Wohnzimmer auf und ab, allein es schien ihr, als sei es hier kalt. Sie wollte sich erwärmen. Sie ging hinaus und setzte sich auf die Bank, auf der die Wardeins am Abend zu sitzen pflegten. Jetzt saß nur die alte Mutter Wardein da, sonnte sich und schaute auf das Meer hinaus. Sie rückte ein wenig, um Doralice Platz zu machen, und murmelte nur ein »warm«. So saßen sie nebeneinander, und Doralice wartete. Sie tat nichts als warten, denn es gibt Ereignisse, die erst gekommen sein müssen, damit wir weiterdenken können.

Endlich kam Hans die Landstraße herauf. Er ging langsam und sah müde und angegriffen aus, als hätte er einen weiten Weg gemacht. Als er an der Bank vorüberging, nickte er: »Guten Morgen, Mutter! Guten Morgen, Doralice!« und ging gerade in das Haus. Doralice folgte ihm. Im Wohnzimmer lehnte sie sich mit dem Rücken gegen die Wand, legte auch die Flächen der Hände an die Wand, als ob sie sie kühlen wollte. Hans war zu seinen Malgeräten gegangen und beschäftigte sich mit den Pinseln. Beide schwiegen eine Weile, bis es wie ein Stöhnen aus Doralice hervorbrach: »Mein Gott, so sprich! so sage doch etwas.«

Hans wandte sich ihr zu, er streckte beide Hände in die Rocktaschen, stand ein wenig gebeugt da. Wenn ihn etwas drückte oder stark hinnahm, dann konnte seine schöne Gestalt zuweilen das Schwere, Ungelenke eines Dorfburschen bekommen, der müde von der Feldarbeit ist. »Was kann ich sagen«, versetzte er, »was habe ich für ein Recht? Das Recht, das du mir gegeben hast, kannst du mir nehmen und dem anderen geben. Wie du es dem alten Herrn genommen und es mir gegeben hast, anders ist es nicht. Wir Bauern können gut rechnen.«

Doralice hob die Arme empor und legte die ineinandergerungenen Hände auf ihren Scheitel: »Du bist sehr gerecht«, stieß sie hervor, und es klang wie Zorn, »aber so ist es nicht. Da ist kein anderer. Er ist fort, ganz fort. Er hat kein Recht. Ich brauche keinen, der vor mir kniet«, sie brach ab, und die aufsteigenden Tränen machten ihre Stimme unsicher und leise, als sie hinzufügte: »Was hilft das? Was soll ich jetzt tun?«

Hans wandte sich ab und sah zum Fenster hinaus. Einen Augenblick war es wieder ganz still im Zimmer.

Draußen auf dem Zaune sangen noch immer die Kinder ihr »Henne, henne, helle, helle, ho, ho!« in den Wind hinein. Endlich wandte er sich um, ging langsam zu Doralice hin, strich vorsichtig mit der Hand über ihr Haar und sagte: »Was kannst du tun? Jetzt wird es hier wohl einsam werden. Wir können ja eine Weile still nebeneinanderher gehen. Hier tut keiner dir was. Und dann vielleicht besinnen wir uns wieder aufeinander.«

Doralice antwortete nicht, stumm und verschüchtert stand sie da. Das »stille Einhergehen« neben diesem starken, sanften Manne erschien ihr jetzt wie Geborgenheit, und in der Angst ihrer Seele, in der Angst vor sich und den anderen glaubte sie, Geborgenheit sei es, was ihr not tat.

Vierzehntes Kapitel

Die Septembertage waren hell, dabei wehte ein frischer Nordost. Die Wolken ballten sich zu großen weißen Inseln zusammen und zogen schnell über den Himmel, und ihre Schatten liefen dunkelgrün über das grüngraue Meer. Am Ufer war alles in beständiger Bewegung, die harten Halme auf den Dünen zitterten, die zum Trocknen aufgehängten Netze und Fische wiegten sich, und die Röcke und Tücher der Fischersfrauen flatterten.

»Ich habe, wie Sie wissen, meinen Abschied genommen«, sagte der Geheimrat Knospelius zu Hans, während sie langsam dem Winde entgegen am Meere spazierengingen, »ich habe genug gerechnet, und ich finde, daß meine Tage vollkommen befriedigend mit dem Kämpfen gegen den Wind ausgefüllt werden.«

»Mich ärgert dieser Wind«, meinte Hans. »Sie wissen, ich male das Meer, ich male es den ganzen Tag, wenn ich es nicht gerade studiere. Nun, bei diesem Winde sitzt das Meer schlecht, es hat alle fünf Minuten ein anderes Gesicht.«

»Das kann ich mir denken«, bemerkte Knospelius. »Die Mutter Wardein ist bequemer, die sitzt da wie eine aus Holz geschnittene heilige Anna.«

Hans, von seinen Gedanken hingenommen, fuhr eifrig fort: »Überhaupt eine verteufelte Geschichte mit diesem Meere, es läßt sich nicht fassen, ich kriege die Logik seiner Linien und Bewegungen nicht heraus, sein Durchschnittsgesicht, wissen Sie, denn bei dem Porträt muß ich mir in dem Modell ein Durchschnittsgesicht konstruieren, das die Möglichkeit aller Augenblicksgesichter in sich schließt. Nun, bei dem Meere bringe ich es nicht fertig, und ich studiere es doch in- und auswendig. Ich schwimme Stunden in ihm herum, ich fahre auf ihm bei Tag und bei Nacht, ich beschleiche es zu allen Tageszeiten. Wahrhaftig, es wird für mich zu einer Art Besessenheit.«

»So, so«, murmelte Knospelius und sah Hans schlau von der Seite an, »das also ist jetzt Ihre Besessenheit. Na ja, es ist ganz bequem, eine Besessenheit zu haben. Man braucht da nicht nachzudenken, was man tun soll, man muß etwas tun, ob man will oder nicht. Das ist so wie bei einer Staatsanstellung, man muß in das Büro, ob man will oder nicht. Ich habe meiner Besessenheit jetzt den Abschied gegeben.«

Sie mußten stehenbleiben und nach ihren Hüten greifen, die ein Windstoß ihnen vom Kopfe reißen wollte. Dann wies Knospelius zur Düne hinüber und sagte:

»Ihre Frau Gemahlin sitzt dort oben schon neben der Staffelei und näht, glaube ich.«

»Ja, sie näht Hemden für Fischerkinder«, erwiderte Hans zerstreut. Aber Knospelius' großes, bleiches Knabengesicht schaute forschend und aufmerksam zu ihm auf: »So, das ist neu.«

»Ja, das ist neu«, bestätigte Hans obenhin. »Übrigens gehe ich auch jetzt arbeiten; auf Wiedersehen«, und er stieg die Dünen hinauf.

Knospelius stand noch da, schaute zu Doralice hinüber und murmelte: »Ja, das ist neu.«

Doralice saß da und nähte. Das tat sie jetzt gern, denn es sah beruhigt aus, sah aus, als sei alles in Ordnung. Nur hielt sie es nicht lange aus, das Säumen der Leinwand machte ihre Finger nervös. Bald warf sie die Arbeit fort und streckte sich auf ihrer Decke aus, um zu den Wolken hinaufzustarren. Sie hörte Hans zuweilen zu seiner Malerei sprechen. »Was ist denn das?« rief er plötzlich, »etwas ganz Neues.« – »Was denn?« fragte Doralice. »Sehr merkwürdig«, sagte Hans, »mit einem Male auf jeder Welle ein kleiner Heiligenschein. Es sieht aus, als ob jeder Wellenkamm mit einem Lichtstifte übergangen worden wäre.«

»Ja, da kommt alles Mögliche vor«, bemerkte Doralice, ohne sich aufzurichten.

»Sehr merkwürdig«, fuhr Hans fort, »einmal habe ich schon etwas Ähnliches gesehen, als ich als Knabe einmal die Schafe hütete, da hatten all die kleinen Hügel plötzlich diese Heiligenscheine.«

Ach, dachte Doralice, jetzt hat er noch die Schafe gehütet. In letzter Zeit kamen in Hansens Bemerkungen immer wieder das Dorf und das Bauernblut und die

Feldarbeit vor. Das klang fast wie ein Vorwurf gegen sie, und als Hans hinzufügte: »Ja, auf der Schafweide lernt man manches«, konnte sie sich nicht enthalten, gereizt zu antworten: »Ich kann doch nichts dafür, daß ich nicht die Schafe gehütet habe.«

Hans machte sofort sein förmlich freundliches Gesicht, mit dem er in letzter Zeit ihr zu begegnen pflegte, und sagte höflich: »Gewiß, das verlangt niemand von dir. Du hast auch sicherlich in deinen Verhältnissen manches Wertvolle gelernt, das man auf der Schafweide nicht lernen kann.«

Doralice seufzte, und es entstand wieder eines dieser langen Schweigen, das jetzt häufig zwischen ihnen herrschte. Sie hatte nicht gewußt, daß zwei Menschen so viel miteinander schweigen könnten, wie Hans und sie es taten. Plötzlich warf Hans seinen Pinsel fort und meinte, diese Erscheinung müsse er näher beobachten, er wolle auf das Meer hinausfahren. Dann lief er zum Meere hinab. Doralice blieb ruhig liegen, bei diesem Winde nahm er sie ja doch nicht mit. Das war also das stille Nebeneinanderhergehen. Anfangs war es Doralice wie Friede und Sicherheit erschienen. Sie war ja ganz verlassen inmitten einer feindlichen, unheimlichen Welt, nun aber wurde es zu einer sehr erregenden Sache. Wenn Hans da schweigend vor seiner Staffelei stand, dann wußte Doralice doch, daß er innerlich mit ihr sprach, daß er ihr Vorwürfe machte, daß seine stolze und verwundete Liebe sich mit der ganzen heißen Beredsamkeit über sie ergoß, die Hans eigen war. Sie war dessen so gewiß, als sähe sie, wie einer zu ihr sprach, nur daß er noch zu fern war, daß sie ihn hörte. Sie sprach ja auch beständig in Gedanken zu Hans, rechtfertigte sich, beschuldigte ihn, demütigte sich. Einmal jedoch mußte der Augenblick kommen, daß sie beide zu voll von dem, das sie einander zu sagen hatten, waren und es heraussagten; dann kam die Stunde der großen Aussprache, der Versöhnung. Das gab es doch, das stand doch in allen Büchern, das sah man auf allen Theatern, das mußte kommen. Auf diese Stunde zu warten war Doralices Beschäftigung in den langen ereignislosen Tagen. Soviel sie konnte, war sie bei Hans, um den richtigen Augenblick nicht zu versäumen, bei jedem seiner Worte horchte sie auf, ob es nicht der Beginn der Aussprache sei. Genau wußte sie, was sie dann sagen würde, und fühlte schon im voraus den Schmerz und die Wonne des unendlich starken Empfindens. Aber auch Ungeduld quälte sie dann, warum kam es nicht? Wie lange sollte es noch dauern? Sie konnte nicht mehr ruhig auf der Düne liegen, sie wollte hinuntergehen und vor dem Hause sitzen, auf das Meer hinaussehen und sich vorstellen, was Hans dort in dem Boot zu ihr sprach.

Heiß schien die Sonne auf die Bank. Die Mutter Wardein nickte und rückte zur Seite, als Doralice sich zu ihr setzte. Vor ihnen auf dem Sande trieben sich magere Hennen umher und piepten freudlos und ergeben. Durch das geöffnete Fenster hörte man das Klappern von Löffeln, die Familie Wardein saß dort schweigend bei ihrem Mittagsmahl. Auch aus den Schornsteinen der anderen kleinen Katen stieg der Rauch, und auch dort wurde geschwiegen. Diese Häuschen standen ja meist schwarz und still da, höchstens daß sich einmal bei Steeges eine gellende Frauenstimme vernehmen ließ, wenn Steege betrunken nach Hause kam, oder daß oben beim Strandwächter Lärm entstand, wenn der Strandwächter seine

Frau schlug. »Die schlagen sich«, hatte der Geheimrat gesagt, »weil sie ineinander verliebt sind.« Nun, dachte Doralice, das mochte ja eine bequeme Art sein, eine Aussprache herbeizuführen, allein Hans und sie verstanden das nicht. Doralice schaute auf das Meer hinaus, um Hansens Boot zu entdecken. Sie liebte das Meer nicht mit seinem stetigen, schläfrigen Glitzern. Immer war es da, von überall her sah man es, überall hörte man es, ein jeder sprach von ihm; die einsilbigen Fischer, wenn sie sprachen, sprachen sie vom Meere, der einsilbige Hans, wenn er sprach, sprach er vom Meere. Für sie aber schien es eine unendliche, erdrückende Einsamkeit auszuatmen. Und unten am Strande ging noch immer in seinem grauen Paletot mit seinem grauen Hut der Geheimrat Knospelius auf und ab wie das kleine Gespenst der Einsamkeit. Das alles war freudlos, schläfrig und alltäglich; und dennoch, wenn Hans jetzt nach Hause käme, konnte es ja geschehen, konnte es plötzlich alles anders werden, und das legte für Doralice in alle Schläfrigkeit und Alltäglichkeit etwas wie das geheime Fieber einer Erwartung.

Zum Mittagessen kehrte Hans nach Hause zurück. Bei Tische sprach er wieder vom Meere, sprach von Zibbe Waldhüter, der von einem Wilddiebe einen Schrotschuß in das Bein bekommen hatte, und vom Bilde der Mutter Wardein, das zu einer Ausstellung geschickt werden sollte. Sobald er mit dem Essen fertig war, stand er auf, er behauptete, viel zu tun zu haben, die Bilderkiste mußte zugenagelt werden, und dann wollte er mit einer Anweisung zur Post gehen.

»Hast du Bilder verkauft?« fragte Doralice. Ja, er hatte Bilder verkauft, das Geschäft ging gut. In der Tür wandte er sich noch einmal um und fügte hinzu: »Wenn du etwas nötig hast, brauchst du es nur zu sagen, ich komme schon dafür auf.« Damit ging er.

Er kam dafür auf. Immer gerecht und billig, allein Doralice fand, daß mit dieser Gerechtigkeit und Billigkeit sie noch sehr weit vom großen Gespräche entfernt war, welches sie so sehnsüchtig erwartete. Jetzt hallte das Haus von lauten Hammerschlägen wider. Hans schien den Hammer mit rechter Begeisterung zu führen. Doralice glaubte aus diesen Schlägen etwas wie Zorn und Leidenschaft herauszuhören, sie sprachen mit ihr, sie machten ihr Vorwürfe, sie schienen ihr zu verraten, was in Hansens Seele vorging, und sie war enttäuscht, als es plötzlich stille wurde und Hans fort war. Sie nahm den englischen Roman und eine Zigarette und beschloß zu ruhen, wirklich zu ruhen, wie sie es einst im Schlosse konnte, wenn die Zimmerflucht still wurde, die Düfte des Gartens heiß und süß durchs Fenster hereinströmten und sie sich in dem großen Voltairesessel zusammenkauerte und gedankenlos und wunschlos dort verharrte. Glücklich war sie damals nicht gewesen, aber zu Hause. Warum kam dieses Gefühl nie mehr über sie? Vielleicht wenn alles klar zwischen ihr und Hans sein wird, wenn Hans gesprochen haben wird, vielleicht wird sie dann wieder zu Hause sein. Ungeduldig warf sie das Buch und die Zigarette fort und lief zum Meere hinab. Sie konnte Hans ja entgegengehen, und im Gehen arbeiteten ihre Gedanken wieder an der großen Szene der Rechtfertigung, der Demütigung und der Versöhnung; ohne daß sie es wußte, sprach sie laut, redete die Wellen an, welche weiß und zischend den Strand hinaufliefen bis zu Doralicens Füßen: »Ich dachte, du wirst mir tragen helfen an der Verantwortung, aber du wolltest immer nur gerecht und abgeklärt sein. Ich war allein in meiner Not, und dann diese Freiheit, das mit der Freiheit klingt so schrecklich nach Alleinsein.« Im Sprechen war sie an die Stelle gelangt, wo die Düne in scharfer Spitze nah an das Meer heranrückt, hinter ihr führte der Weg zum Dorf hinauf, und dort, vom Dünenvorsprung verdeckt, hörte Doralice eine Männerstimme, die laut und eifrig etwas sprach. Es war Hansens Stimme. Doralice blieb stehen und lauschte, da bog er schon um die Ecke. »Oh, du bist es«, sagte Hans. Doralice errötete: »Ja, ich wollte dir entgegengehen«, erwiderte sie, »mit wem sprachst du eben?«

Hans zuckte die Achseln: »Mit niemand, ich rezitierte nur so für mich den Homer.«

Das war natürlich gelogen, dachte Doralice, sie glaubte wohl zu wissen, was und zu wem er da gesprochen hatte. »Machen wir noch einen Spaziergang?« fragte sie. Sie bogen um die Dünenspitze die Dorfstraße hinauf, gingen an den Kartoffelfeldern und Stoppelfeldern entlang und gelangten endlich auf die geraden Wege der Föhrenschonung. Hans sprach wieder von Farben und von Licht, behauptete, daß die jungen Föhren in den rötlichen Sonnenstrahlen violett würden. Das alles war Doralice unendlich gleichgültig, sie wünschte einen Gesprächsstoff, in dem sie vorkam, sie und Hans. Der beste Ausweg waren dann in letzter Zeit gemeinsame Reiseerinnerungen gewesen. »Erinnerst du dich«, fragte sie, »der Engländerin in den Uffizien, die zwei Kneifer auf der Nase hatte, einen hinter dem anderen?«

Ja, Hans erinnerte sich ihrer, »und«, meinte er, »war es nicht der Tag, an dem wir nach Fiesole hinaufstiegen und auf den Ziegelstufen saßen, die zu dem antiken Theater hinabführen? Ich glaube, es war der heißeste Sitz, auf dem ich je gesessen habe.«

»O nein«, sagte Doralice, »wir haben einmal noch heißer gesessen. Das war in Padua auf dem Rasenplatz vor der Arena-Kirche; wir aßen Kirschen, der Rasen war heiß wie ein Bügeleisen, du fingst einen Zitronenfalter und behauptetest, seine Flügel seien warm wie frische Semmeln.«

Hans lachte, diese Erinnerungen erheiterten ihn stets. »Ach ja, und ich übte mich, ein Gesicht zu machen wie Giottos ›Verzweiflung‹ drinnen in der Kirche.«

Mit Sonnenuntergang traten sie den Rückweg an, und an einem geschützten Plätzchen an der Düne erwarteten sie die Dunkelheit. Hans schwieg, und Doralice dachte über Hansens Schweigen nach. Dann tauchte wohl in der Finsternis der rote Punkt einer brennenden Zigarre nicht eben hoch über dem Erdboden auf, und Knospelius' tiefe Stimme sagte: »Guten Abend.« Der Geheimrat setzte sich zu den beiden und sprach in seiner langsamen Weise von fernen, beruhigenden Dingen. Er sprach von alten Ministern, die lächerliche Angewohnheiten gehabt hatten, oder von einem stillen Café in Konstantinopel, in dem er mit schweigenden Türken gesessen hatte und geraucht, während sie durch die geöffnete Tür alle die weißen turbangeschmückten Grabsteine eines kleinen türkischen Friedhofes nachdenklich betrachteten. Oder er sprach von einer ganz rosa Wüste und von Arabern, die alle geistvolle, ernste Gesichter hatten und doch Dummköpfe waren. Wenn das Licht des fernen Leuchtturmes deutlich zu sehen war, trennte man sich.

Da der Nordostwind das Hinausfahren zum Fischfang verhinderte, mußte Hans zu Hause bleiben. Doralice und er saßen bei der Lampe, sie versuchte zu nähen, er las. »Willst du nicht laut lesen?« fragte Doralice.

»O gewiß, wenn dir das angenehm ist«, erwiderte Hans höflich, »aber es ist Homer.«

»Das tut nichts«, meinte Doralice.

Hans las die Beschreibung von Alkinoos' Garten:

»Birnen reifen auf Birnen, auf Äpfel röten sich Äpfel,
Trauben auf Trauben erdunkeln, und Feigen
schrumpfen auf Feigen.«

Er gab dem Klang der Verse ein eintöniges Rollen, ein wellenhaftes Auf- und Abschwellen, das Doralice in eine köstliche Ruhe wiegte. Sie warf ihre Arbeit fort, lehnte sich in den Sessel zurück und schloß die Augen. Sie erwachte davon, daß Hans ihr leicht über das Haar strich. »Du bist müde, Kind, du mußt schlafen«, sagte er. Seine Stimme klang seltsam weich und ergriff Doralice so stark, daß ihre Augen sich mit Tränen füllten. Hans bemerkte es nicht, er zündete die Kerzen an, löschte die Lampe aus und sagte gute Nacht.

Doralicens Nächte waren in letzter Zeit unruhig. Sie lag lange wach und horchte auf all die Töne, die durch das Haus liefen, und wenn dann eine Tür knarrte, wenn sie Schritte vernahm, dann wußte sie, daß Hans hinausging an das Meer. Er tat das jetzt öfters des Nachts, er wollte das Meer studieren, allein Doralice wußte es wohl, auch er konnte nicht schlafen, auch er litt, und darin lag etwas, das sie ganz heiß und unruhig vor Freude machte.

Fünfzehntes Kapitel

Am Morgen flaute der Nordostwind ab, und um die Mittagszeit legte er sich ganz. Gegen Abend frischte ein leichter Westwind auf, der große weiße Wolken herantrieb.

Hans und Doralice kehrten von ihrem Abendspaziergange zurück und sahen am Horizonte riesige, kupferfarbene Wolkenberge sich aufbauen. Das Meer war voll roter und violetter Wellen. Hans und Doralice setzten sich auf ihren gewohnten Platz auf der Düne und starrten in das Flackern und Verlöschen der Farben hinein. Die bunten Wolkenberge wurden allmählich grau, über dem Lande dunkelte es, und das Meer glich endlich nur noch einer bewegten Dämmerung. Am Himmel hing ein Stück Mond weiß und strahlenlos. Vor der Hütte des Fischers Stibbe saßen Frauen, reinigten Fische und sangen eine träg sich wiegende Melodie:

»Sonnchen wollt im Meere schlafen,
Schwarze Wasser sind die Decken,
Hecht, du grüner Offizier,
Laufe schnell, es aufzuwecken.
Raderi, raderi, raderidira.«

Der Geheimrat Knospelius erschien auch wie gewöhnlich, klein und grau, die große Zigarre zwischen den Lippen. »Guten Abend«, sagte er, »also wir kriegen ein Gewitter.« Hans protestierte eifrig: »Nicht vor morgen früh. Stibbe weiß das ganz genau, er fährt daher heute nacht hinaus. Ich fahre mit Steege; weit da draußen soll es eine Stelle geben, an der bei solchem Wetter die Butten so fest liegen, daß man sie im Netz wie Kartoffeln aus dem Sande pflügen kann.«

»So, so«, meinte Knospelius, »also Tatendurst, Tatendurst.« Sie schwiegen eine Weile und hörten dem klagenden Gesange der Fischerfrauen zu:

»Hecht, du grüner Offizier,
Laufe schnell, es aufzuwecken.«

»Wie diese Melodie sich Zeit nimmt«, bemerkte Doralice.

»Wer nimmt sich hier nicht Zeit?« sagte Knospelius. Er liebte es, langsam und sinnend in die Dunkelheit hinein zu sprechen, mit seiner tiefen Stimme die Worte klingen zu lassen; »aber die Zeit ist hier auch sozusagen langsamer, die Tage und die Stunden und die Minuten sind hier länger. Wie fern erscheint es mir, daß ich heute morgen geweckt wurde von dem Gesangbuchvers, den mein Wiedertäufer jeden Morgen im Nebenzimmer zu singen pflegt.«

»Ach ja«, seufzte Doralice, »hier geht alles langsam, langsam.«

»Dafür werden wir gründlich, meine Gnädige«, meinte Knospelius. »In der Stadt, da lebte ich von zerhackten Erlebnissen, von zerhackten Geschichten und Gedanken, hier erzählt man jede Geschichte ganz bis zu Ende, denkt jeden Gedanken bis in seine letzten Tiefen.«

»Und wird nie mit ihm fertig«, warf Hans ein.

»Das kommt vor«, bestätigte Knospelius, »sehen Sie unsere Liebespaare, die da im Dunkeln so still nebeneinanderher gehen; sie sprechen am Abend vielleicht drei Worte miteinander; sie haben eben Zeit, sich auszusprechen. Temposachen. Der Inhalt der Liebesgeschichten ist ja immer derselbe, sie verteilen ihn auf einige Jahre, andere müssen in wenig Tagen fertig werden. Temposache, nichts weiter. Da gibt es so ein indisches Märchen von einer seligen Insel; den Leuten dort geht es gut, wie das auf solchen Inseln zu sein pflegt; sie haben alles, was sie wünschen können. Charakteristisch für die Natur dieser schönen Insel ist es, daß die Bäume Mädchen tragen, schöne Mädchen, die am Morgen erblühen und am Abend welken und sterben. Jetzt sage ich mir, pflückt ein Insulaner sich am Morgen solch eine schöne Frucht, so hat er für seine Liebesgeschichte bis zum Abend Zeit, und doch glaube ich, daß diese Liebesgeschichte ebenso reich sein wird wie zum Beispiel die Liebesgeschichte des Zibbesohnes mit der Stibbetochter, die bereits sieben Jahre jeden Abend am Strande schweigend nebeneinanderher gehen. Und dabei wird mein Inselliebespaar kaum das Gefühl haben, als würde es zu besonderer Hast getrieben. Temposache.« Der Geheimrat hielt inne und sog stark an seiner Zigarre.

Da ließ Doralice sich vernehmen, klagend und zugleich gereizt, als stritte sie mit jemand: »Ach ja, die Mädchen, die werden es ja wohl verstehen, ihre ganze Liebe in einen Tag zu legen, aber die Männer verstehen so schrecklich langsam. Wenn da am Morgen etwas vorkommt zwischen ihnen, dann werden diese armen Mädchen sterben müssen, ohne daß die Männer sich ausgesprochen haben.«

Knospelius kicherte, und Hans meinte: »Auf seligen Inseln kommt vielleicht nie etwas zwischen Liebenden vor.«

»Doch, doch«, widersprach Knospelius, »das ist unvermeidlich. Ich bin zwar in diesen Sachen keine Autorität, in mich hat sich nie jemand verliebt. Ich meine aber, das muß eine verantwortungsvolle Lebenslage sein. Jemand also verliebt sich in mich, sieht in mir sein Ideal, und ich bin gleichsam das Depot für diesen idealen, herrlichen Knospelius, ich verwalte ihn. Da ist es dann natürlich, daß beständig Mißgriffe vorkommen. Ich würde ein Gefühl haben, als hätte mir jemand einen selten kostbaren Prachtband geliehen, und ich müßte in steter Sorge leben, daß dem wertvollen Buche nicht etwas passiert. Aber es ist immerhin möglich, daß die Männer auf der seligen Insel schneller von Begriff sind und die Mädchen weniger durstig nach Aussprachen. Das wäre dann, was man ein abgekürztes Verfahren nennt.«

Das Licht des Leuchtturms war in der Ferne schon deutlich zu sehen, und Hans trieb zum Heimgehen, da er ja noch mit Steege hinausfahren wollte. Zu Hause hatte Agnes schon die Mahlzeit bereitgestellt. Hans nahm sich kaum die Zeit zum Essen und eilte in sein Zimmer, um sich umzukleiden. Doralice stand am Fenster und schaute in das weiße Aufdämmern des Mondes hinaus. Sie hörte, daß Hans wieder in das Zimmer kam; er trat an sie heran, umfaßte mit seinen Händen ihre beiden Schultern. »Verstehe ich so langsam?« fragte er. Das klang weich, fast schüchtern. Doralice bog ihren Kopf zurück, so daß er sich gegen Hansens Brust lehnte. Ihr Herz klopfte sehr stark, und die Augen wurden ihr heiß von Tränen. »Du verstehst nicht«, sagte sie kummervoll, »du sprichst nicht, du sagst nichts.«

»Ach Kind«, erwiderte Hans, »mit dem Sprechen ist es so eine Sache, man spricht, und es klingt hart und sauer und häßlich und ist ungerecht und rücksichtslos und ist doch nicht das, was man sagen wollte.«

»Es kann hart sein, es kann ungerecht und rücksichtslos sein«, rief Doralice leidenschaftlich, »nur nicht so, nur nicht so! An dieser Gerechtigkeit und an dieser Rücksicht stirbt man.«

Hans beugte sich über sie und küßte sie fest auf die Lippen: »Gut, gut«, sagte er in seinem gewohnten freundlichen, eifrigen Ton, »so wollen wir uns denn morgen alles sagen, was wir heute dem Meere zugeschrien haben. Für heute gute Nacht.«

Doralice stand noch lange am Fenster, und die Tränen, die warm über ihre Wangen niederrannen, taten ihr wohl wie eine gütige Liebkosung. Endlich beschloß sie, schlafen zu gehen; sie freute sich auf den Schlaf; sie war müde, als läge eine schwere, glücklich vollbrachte Arbeit hinter ihr.

Um Mitternacht erwachte Doralice von einem starken Geräusch, das im Zimmer um sie her sich vernehmen ließ. Das Meer rauschte stark, so stark, als stünde das Häuschen mitten in den Wellen. Dazu war es, als ob alle Gegenstände im Zimmer sich bewegten, die Sachen auf der Toilette klirrten, der Waschkrug schnurrte leise vor sich hin, die Tür klapperte. Draußen aber über dem Dache schienen schwere Gegenstände sausend durch die Luft zu fahren, zuweilen kam ein Pfeifen, ein ausgelassenes, höhnisches Pfeifen, als jagte dort irgendwo ein Gassenbube durch die Luft. Oder ein Klagelaut kam schrill und verzweifelt, und plötzlich wurde all das übertönt von dem mächtigen Rollen und Krachen des Donners. Doralice sprang aus dem Bett und lief an das Fenster des Wohnzimmers. Die Nacht war ganz schwarz und schien voll wilden Getümmels; ein Blitz zuckte auf und zeigte für einen Augenblick in einem blauen Lichte das seltsam veränderte Meer. Es erhob sich dort wie große schwarze Mauern, Mauern, die schwankten und stürzten, und überall lag es auf ihnen wie bläulicher Schnee. Doralice hatte Angst, nur das, keinen anderen Gedanken als nur diese Angst, die uns treibt, uns zu verbergen, zu verkriechen, nach Hilfe zu rufen. Das Zimmer wurde hell, Agnes stand da, die Lampe in der Hand, und die gelben Augen der alten Frau sahen Doralice starr und böse an. Da begriff Doralice. »Hans«, murmelte sie.

»Ja, bei diesem Wetter auf dem Wasser zu sein«, sagte Agnes scheltend, »hat man so was gehört, und mit diesem Saufaus von Steege, der zu faul ist, um sein Boot ordentlich zu halten.« Agnes wurde dann sehr geschäftig, leise fortscheltend ging sie ab und zu, holte einen Mantel, hüllte Doralice in ihn ein, zwang sie, sich in einen Sessel zu setzen, holte eine Decke, um sie damit zu bedecken, und als das getan war, setzte sie sich selbst auf einen Stuhl, faltete die Hände im Schoß, schaute starr und böse in das Licht der Lampe und wiegte den Oberkörper sachte hin und her. Zuweilen murmelte sie vor sich hin: »Nun muß er gleich kommen, der tolle Junge. Als ob wir nicht Fische genug hätten, und noch mit dem Steege.«

So still zu sitzen und hinauszuhorchen war furchtbar qualvoll, Doralice ertrug das nicht, sie mußte etwas tun. »Ich gehe zu Wardeins«, sagte sie. Agnes zuckte die Achseln. »Was können die tun?« meinte sie. Aber Doralice ging doch hinaus, schlich sich an der Mauer hin, um von dem Sturm nicht umgeworfen zu werden, und trat in die Stube der Wardeins. Die Wardeinin hatte eine kleine Lampe angesteckt und ging, nur mit einem kurzen Rocke bekleidet, im Zimmer umher, befestigte die

Fensterläden, löschte die letzte Glut auf dem Herde, rückte an den klappernden und schnurrenden Geräten auf dem Bord. Als Doralice eintrat, schaute die Wardeinin sie ruhig und ernst an und wandte sich wieder schweigend ihrer Hantierung zu. Doralice stand da, atemlos von dem Gang durch den Sturm, und sagte leise: »Ach, Frau Wardein, dieser Wind.«

»Der ist nicht gut«, antwortete die Wardeinin, »aber was kann man machen?«

Doralice setzte sich auf einen Stuhl und wartete, daß die Frau noch etwas sagen würde, etwas, das wie Trost klang. Da ließ sich von dem großen Bett her Wardeins tiefe Stimme vernehmen: »Ich hab's gesagt, aber die wollen ja klüger als der Wardein sein. Nun, der Stibbe hat das neue große Boot, der schlägt sich wohl durch, und der Steege – na ja, dem hat mit seinem alten Kasten von Boot der Teufel schon früher mal herausgeholfen.«

Diese rauhe Stimme, die grob und vertraulich von dem Furchtbaren da draußen sprach, tat Doralice wohl. Die Kinder begannen im Bett zu weinen, und die Mutter mußte sie schelten und schlagen. Die Großmutter hatte sich in ihren Kissen aufgerichtet und starrte auf das Fenster, als könnten ihre Augen sehr weit in diese Dunkelheit hineinsehen. »Schlechter Wind, schlechter Wind«, murmelte sie. Doralice saß noch immer da, sie konnte sich nicht entschließen zu gehen. Die enge Stube mit ihrem alltäglichen Leben mitten in all dem Furchtbaren da draußen war etwas wie Geborgenheit. Allein die Wardeinin schien mit ihren Geschäften fertig zu sein, sie stand vor ihrem Bett, gähnte und sah Doralice an. Doralice mußte gehen, hier wollte man sie nicht mehr. Und sie ging wieder in das Wohnzimmer hinüber, wo Agnes vor der Lampe saß und den Oberkörper sachte hin und her wiegte.

Fröstelnd drückte sich Doralice wieder in den Sessel und hüllte sich in ihre Decken. Es war qualvoll und furchtbar anstrengend, beständig auf die wirren Töne da draußen zu hören, diese Töne, die, je länger sie ihnen lauschte, um so ausdrucksvoller wurden, sich in gespenstische Gestalten wandelten. Wenn das höhnische Gassenjungenpfeifen erscholl, sah sie deutlich ein kleines Ungetüm mit gelbem Gesicht voller Sommersprossen, mit rotem Haar, in grauen, zu weiten Kleidern, das, die Hände in den Hosentaschen, unendlich frech durch die dunkle Luft hinschlenderte. Die lauten Klagelaute gehörten einer großen Frau mit lang niederhängendem grauen Haar. Die Augen waren hellgelb wie Meersand, den Mund öffnete sie weit – ein großes schwarzes Loch in dem weißen Gesicht. Und mitten in allem diesem Spuk und Schrecken, in dieser Finsternis und diesem Geheul war Hans, dort mußten ihr Denken und ihr Warten ihn suchen. Doralice fuhr empor, als wollte sie eine unerträgliche Last von sich abschütteln. Auch Agnes wurde unruhig, sie begann auf dem Spirituskocher Tee zu kochen. Das interessierte beide. Und das Teetrinken dann, das Anzünden einer Zigarette gaben einen kleinen flüchtigen Augenblick des Vergessens und sehr durchdringenden Behagens. Aber die schwere Arbeit des Wartens und Bangens mußte gleich wiederaufgenommen werden. Wenn Doralicens Gedanken, der Spannung müde, kraftlos wurden, waren sofort Bilder da, farbige, belebte Traumbilder. Sie sah den Strand, gelb von Sonnenschein, die Generalin im weißen Pikeekleide kämpfte mit dem Winde, Lolo stand, ein schmaler roter

Strich, in einem grünblauen Meere, und Hans kam langsam durch den Sonnenschein auf Doralice zu. »Schön, schön«, sagte er in seiner herzlichen, eifrigen Weise, »du hast auf mich gewartet, schön, schön.« Und Doralice fühlte, daß nun alles wieder gut sei, fühlte das mit einer so starken und heißen Erschütterung der Freude, daß sie mit einem Ruck aus ihrem Sessel auffuhr und das bleiche, sich sacht hin und her wiegende Gesicht Agnes' verständnislos anschaute. Nein, diese Traumbilder waren Leben, und dieses Zimmer mit der bleichen Agnes und der heulenden schwarzen Nacht draußen, das waren nur die Schrecken eines unbegreiflichen Traumes. Und sie flüchtete wieder zu den Traumbildern, lebte mit ihnen, bis die Freude, die sie brachten, sie wieder weckte.

Der Tag graute, zögernd und schäbig. Ein heftiger Gewitterregen ging nieder; er hüllte das Land und das Haus wie in undurchdringliche staubgraue Spinnweben ein. Da hatte das Licht einen schweren Stand. War das überhaupt ein Tag, dachte Doralice, dieses müde, kummervolle Hindämmern, unterbrochen von dem jähen Aufschrecken, wenn das deutliche Bewußtsein des jammervollen, unfaßbaren Wartens kam. Sie kleidete sich an wie sonst, Agnes kochte wieder Tee, später machte sie Spiegeleier, denn sie meinte, des Sturmes wegen würde man nicht so leicht Feuer auf dem Herde machen können. Leute kamen, die Wardeins und die Steege; sie standen da im Zimmer und sprachen laut miteinander. Die Steegin mit rotverweinten Augen, ungekämmtem Haar, bleich und übernächtigt, weinte ganz laut »Hu, hu, hu« und redete wie im Fieber. Natürlich, wenn man alles Geld ins Wirtshaus trägt, kann man sich kein neues Boot kaufen, dann kann man kaum das alte instand halten.

Aber auf sie hörte er ja nicht. Noch gestern morgen hatte sie ihm gesagt, daß sie einen schlechten Traum gehabt hatte; ihr hatte geträumt, Steege stünde in seinem Boot, und das Boot war ganz voll mit Dorschen gewesen, bis zum Rande voll. Von Dorschen aber zu träumen ist schlecht, von Butten gut. Aber auf sie hörte er ja nicht.

»Von Dorschen zu träumen ist schlecht und von Butten gut«, wiederholte die Mutter Wardein ernst, »das ist richtig.« Als die Frauen gegangen waren, kam der Geheimrat; er war steif und offiziell, dabei hatten seine Züge etwas Gekniffenes und Verzerrtes, als schmerze ihn sein Gesicht. Er sagte, Doralice könne sich auf ihn verlassen, alles Nötige würde geschehen. Sobald es möglich wäre, würden Leute hinausfahren. Einen Mann zu Pferde hatte er den Strand hinab, dem Leuchtturme zu, geschickt. Dann saß er da, trommelte mit den Fingern auf sein Knie, suchte nach etwas, das er sagen könnte, etwas, das zu Herzen geht, er fand jedoch nichts. So bemerkte er nur: »Sie sollten sich einen Pelzmantel umnehmen, in solchen Zeiten friert man.« Nachdem er schweigend eine Weile gesessen, ging er.

Gegen Abend verbreitete sich das Gerücht, der Fischer Stibbe sei zurück. Wieder war das Zimmer voller Frauen; die Stibbin erzählte, ihr Mann habe sich bald von Steege getrennt, da ihm das Wetter verdächtig erschienen sei. Unterwegs habe das Gewitter ihn noch erwischt, es sei dunkel geworden, daß er nicht die Hand vor Augen sah, und der Sturm! Es war noch gut gewesen, daß er bald in die Bucht hinter den Leuchtturm geraten war und dann – ein gutes Boot war eben ein gutes Boot. Wenn er das neue Boot nicht gehabt hätte, wer weiß, wie es ihm dann ergangen wäre. Von Steege und Hans wußte er nichts. Die Frauen sprachen alle zu gleicher Zeit, die Steegin weinte wieder »Hu, hu, hu«, endlich schickte Agnes sie alle hinaus.

Der Abend brach herein; Doralice und Agnes saßen sich gegenüber; Agnes wiegte sich sachte und jammerte leise; Doralice versuchte es mit ihren Gedanken, sich in irgendwelche ferne, friedliche Erinnerungswinkel zu flüchten, oder sie hörte gedankenlos dem Sturm und dem Meere zu. Die Nacht kam, Agnes brachte Doralice zu Bett, und Doralice versank in einen schweren Schlaf; durch den tiefen Schlaf ging zuweilen etwas, das zu schwer zu tragen war, und das Erwachen wurde dann zur einzigen Zuflucht. Doralice schlug die Augen auf. Das Zimmer war hell; auf dem Stuhl am Fußende des Bettes saß Agnes in Tücher gewickelt; das kleine gelbe Gesicht schaute seltsam friedlich, fast heiter drein, die weiche Linie des zahnlosen Mundes zuckte in einem verhaltenen Lächeln. Als Agnes sah, daß Doralice wach wurde, fing sie an zu sprechen. Sie sprach so, als fahre sie in einer begonnenen Erzählung fort: »Und damals, als wir die Hochzeit für die Base Anne ausrichteten, nein, dieser Schlingel! Also wir hatten eine schöne, große Gans, die war in das Rohr geschoben und briet dort. Unterdessen war vieles andere zu tun, und als wir nun denken, die Gans muß fertig sein, und nachschauen, da ist die Gans fort. Das war nun ein Geschrei und Suchen, aber fort war fort, wie ein Wunder kam es uns vor. Mir fiel es wohl einen Augenblick auf, daß der Hans und die anderen Jungen für eine Weile nicht zu sehen waren, reinzu verschwunden wie der Jude zu Michaelis. Nun, aber ich dachte mir nichts dabei. Erst später, lange hernach, hat der Hans es mir gesagt, hat der verfluchte Schlingel die Gans aus dem Rohr gestohlen und zusammen mit den anderen Jungen oben auf dem Heuboden aufgefressen. Ich habe ihm versprechen müssen, es keinem zu sagen, und bis heute habe ich es keinem gesagt. Aber so was, die Gans aus dem Rohr zu stehlen und aufzufressen!«

Agnes' Lachen klang herzlich und behaglich in das Pfeifen und Stöhnen des Windes hinein.

In der Nacht hatte sich der Sturm gelegt. Der Regen dauerte noch den ganzen Vormittag des nächsten Tages an, erst am Nachmittage hörte er auf. Doralice ging zum Strande hinab, eilig, als warte dort jemand auf sie, die Wellen hatten den Strand aufgepflügt, ihr Fuß sank tief in Algen und Seetang ein. Unter dem eisengrauen Himmel lag das Meer weiß von Schaum wie kochende Milch. Sehr aufgeregt waren die Möwen, sie schossen hin und her und stritten sich mit ihren schrillen, keifenden Stimmen. Das war wild und grausam, aber man konnte hier wenigstens atmen. Doralice hörte hinter sich eilige Schritte nackter Füße über den Seetang laufen. Die Steegin war es, die sie einholte und sich ihr anschloß. Sie sprach und klagte unausgesetzt: »Nein, die kommen nicht mehr heraus, die Mutter Wardein sagt das auch. Dort weit muß eine Stelle sein, von der sie nicht mehr zurückkommen. Dort unten müssen Spalten und Höhlen sein, oder was kann man wissen, was sie dort hält. Der Wardein Mathies kam auch nicht heraus.« Und während die beiden bleichen Frauen eilig am Strande hin gingen, schauten sie mit weit offenen Augen suchend und angstvoll auf das Meer hinaus. Mit einbrechender Dunkelheit mußte die Steegin heim zu ihren Kindern. Doralice entschloß sich nur schwer, ins Haus zu gehen, das

Gewaltsame hier draußen erdrückte die Gedanken, dort drinnen wartete das Vermissen auf sie, die Enttäuschung jeden Augenblickes, wenn sie immer wieder aufhorchte und meinte, die bekannte Stimme, der bekannte Schritt müßten sich vernehmen lassen. Und immer wieder war es ihr, als griffe sie nach einer vertrauten warmen Hand und mußte es mit Entsetzen fühlen, daß diese Hand kalt und fremd geworden war.

Agnes trug das Essen auf, stand dabei und sah zu, wie Doralice aß, und beiden rannen dabei die Tränen über die Wangen. Spät am Abend kam noch der Geheimrat, dessen Diener Klaus mit einer großen Stallaterne leuchtete. Knospelius saß Doralice gegenüber, er wußte nicht viel zu sagen. Von alten Ministern und türkischen Cafés durfte er hier nicht sprechen. Aber Doralice konnte dann klagen und weinen, und das tat ihr wohl: »›Auf morgen also‹, sagte er mir, als er fortging, alles wollte er mir dann sagen, alles, was er mir die ganze Zeit über verschwiegen hatte – und nun –«

»Mein Gott«, sagte Knospelius und zog die Augenbrauen empor, »was wir auch sagen, wir nehmen unser Geheimnis ja doch mit.«

»Welches Geheimnis?« fragte Doralice, und ihre Augen wurden groß und rund vor Erstaunen.

Knospelius verzog ärgerlich sein Gesicht: »Nichts, nichts, das war nur so ein Ausspruch, und Sie wissen, wenn man nichts Rechtes zu sagen weiß, so tut man einen Ausspruch. Übrigens«, fuhr er zögernd fort, er war es nicht gewohnt zu trösten und auch nicht gewohnt, so starkes Mitleid zu empfinden, »übrigens«, fuhr er fort, »von denen, die uns nahestehen, wollen wir doch nichts Neues erfahren, sie sollen sich immer wieder so bestätigen, wie wir sie kennen. Wir wollen nichts bei ihnen entdecken, was wir nicht schon wissen.«

»Ich wollte wissen, ob er mich noch so liebt wie früher«, fragte Doralice einfach. Darauf fand der Geheimrat keine Antwort. Er bog den Kopf zurück und schloß die Augen, das schöne, tränenüberströmte Gesicht ihm gegenüber ergriff ihn zu stark.

Von der Küche her klang Klaus' laute, predigende Stimme herüber, er las Agnes aus der Bibel vor.

Am vierten Tage nach der Sturmnacht kam die Nachricht, bei dem Fischerdorf hinter dem Leuchtturm sei ein Boot an das Ufer gespült worden. Die Steegin zog ihr Sonntagskleid an und fuhr mit dem Strandwächter hin. Spät am Nachmittag kehrte sie zurück und berichtete, es sei ihr Boot gewesen, übel zugerichtet, sie habe es dort gleich an einen Fischer verkauft. Sie wischte sich mit dem Zeigefinger die Tränen aus den Augenwinkeln, war aber ruhig und sachlich. Da sie nun mal ihr gutes Kleid anhatte, wollte sie zum Schullehrer hinaufgehen, um die Glocke für ihren Mann läuten zu lassen, und weil morgen Sonntag war, konnte der Schullehrer in der Kirche die Totenpredigt lesen, denn der Pastor war für eine Woche in die Stadt verreist. Agnes sagte, sie würde sie begleiten.

Der Sonntagmorgen war sonnig und der sandige Weg, der zur Kirche führte, belebt von Kirchengängern. Als Doralice und Agnes die kleine Kirche betraten, fanden sie alle Bänke dicht besetzt. An den teilnahmsvollen Blicken, die auf sie gerichtet waren, merkten sie, daß auf sie gewartet worden war, und auf der vordersten Bank neben der Steegin und ihren drei Kindern waren für sie Plätze freigehalten worden. Der weißgetünchte Raum war voller Sonnenschein, und das Altarbild, Christus, Petrus über das Wasser geleitend, mit seinen giftgrünen Wellen, seinen rot und gelben Gewändern schrie ordentlich in die weiße Helligkeit hinein. Ein Choral wurde gesungen von lauten, heiseren Frauenstimmen, dann las der Schullehrer eine Predigt vor, sein bleiches, gedunsenes Gesicht verzog sich zu einer traurigen Miene, sein Tonfall war singend und eintönig. Auf allen Bänken begannen die Frauen zu seufzen, die Steegin und ihre Kinder weinten laut, auch Agnes weinte. Doralice jedoch konnte nicht weinen, und weil sie fühlte, daß die Frauen sie deshalb verwundert und mißbilligend ansahen, zog sie sich ihren Schleier vor das Gesicht. Sie hatte nicht die Empfindung, daß diese singenden und seufzenden Frauen, daß die Worte, die dieser häßliche Mann dort auf der Kanzel vorlas, irgend etwas mit ihr und ihrem Schmerze zu tun haben könnten. Der Gottesdienst war zu Ende, die Fischerfrauen standen noch auf dem sonnigen Kirchenplatz beisammen und sprachen. Die Steegin war sehr umringt, man versprach, ihr bei der Kartoffelernte zu helfen, doch die Stibbin meinte, sie solle zum Fischreinigen zu ihr herüberkommen, dafür würde sie dann einige Fische kriegen. Der Steegin schien die allgemeine Teilnahme wohlzutun, und sie machte fast ein zufriedenes Gesicht, als sie mit ihren drei Kindern durch die niedrige Tür in ihrer Kate verschwand. Ihr Unglück war von heute ab eine Einrichtung ihres Lebens geworden, mit der sie sich abzufinden hatte. Von nun ab irrte sie auch nicht mehr am Strande umher.

Doralice ging jetzt allein am Strande hin; sie ging täglich stundenlang, das war der Inhalt ihres Lebens. Sie wollte Hans dienen, wollte bei ihm sein, wollte ihm treu sein. Dort auch vermochte sie ihren Schmerz tief zu fühlen, konnte um ihre Liebe trauern, konnte unglücklich sein, denn, wenn sie das nicht konnte, was hatte sie dann, was war sie dann? Und dann war um sie und in ihr alles leer. Etwas anderes noch war es, was sie auf ihren Wanderungen begleitete. Wenn sie so an den Wellen entlangging, die weiß mit leisem Prickeln über den Sand bis zu ihr hinaufliefen, da schien es ihr, als wollte das Meer sie zu etwas überreden, zu etwas, gegen das sie sich sträubte, gegen das sie stritt, zuweilen so heftig stritt, daß sie laut vor sich hin ein »nein, nein« in das Rauschen der Wellen hinein sprach. Allein dieser Streit mit dem Meere hatte für sie eine furchtbar erregende Anziehung. Zuzeiten jedoch entglitt ihr all das, dann versank sie gedankenlos in die Betrachtung der feinen Linien, die das Wasser auf den Sand geschrieben hatte, in den Anblick der zitronengelben, hellblauen und hellrosa Muscheln, welche wie kleine Blumen über das Ufer gestreut waren. Oder sie folgte mit den Blicken den Wellen, die eilig hintereinanderher liefen, ohne daß je eine die andere erreichte. Der zu Ende gehende September hatte sommerwarme Tage gebracht, Doralice ging weit, weit hinaus dem Leuchtturme zu; sie ging, bis ihr die Füße schwer vor Müdigkeit wurden. Dort weiter fort trat der Hochwald bis dicht an den Dünenrand heran, riesige rote Föhrenstämme mit wirren dunklen Schöpfen, hier und da stand eine Birke oder eine Espe zwischen ihnen, das Laub, schon herbstlich gelb, stand da wie ein goldenes Gerät in einer großen Säulenhalle. Die Moosdecke des Bodens war bunt von Herbstschwämmen und Preiselbeeren, Sonnenschein, und die Schatten der Baumzweige trieben dort ihr stummes Spiel. Das mußte guttun, dort auszuruhen, dachte Doralice. Sie stieg hinauf und streckte sich auf einem Mooshügel aus.

Wir können einen sehr großen Schmerz haben, wir können sehr unglücklich sein, und doch hält all das nicht stand vor der Wonne, nach einer langen ermüdenden Wanderung wohlig die Beine von sich zu strecken. Sie sah hinauf in die Wipfel der Föhren, hoch oben revierte ein Falke metallblank in all dem Blau. Neben ihr stand eine Espe und flüsterte unablässig. Wie war es hier gut, über alles Wünschen hinaus gut. Doralice fielen die Augen zu, das letzte, was sie mit halbgeschlossenen Lidern noch sah, war ein Sprung Rehe, der von der Höhe niederstieg. Vorsichtig hoben die Tiere ihre dünnen Läufe über das hohe Farnkraut. Sie gingen bis an den Rand der Düne vor, blieben dort stehen und äugten regungslos auf das Meer hinaus.

Doralice schlief so süß, daß, als der Schlaf vorüber war, sie doch noch dalag, ohne sich zu bewegen, in der Hoffnung, noch ein wenig dieses gedankenlose Glück halten zu können. Allein dann war das Erwachen endlich unwiderruflich da, sie richtete sich auf, saß da und dachte nach. Wie wohl sie sich gefühlt hatte, wie wohl sie sich immer noch fühlte; wie war das? Sie hatte doch ihren großen Schmerz, ihr Unglück. Wo waren sie? Hatte sie sie verloren? Nein, nein, das nicht. Angstvoll sprang sie auf und eilte zum Meere hinab, dort ihren Schmerz wiederzufinden.

Die Nächte waren wieder mondhell. Knospelius und Doralice saßen an dem gewohnten Platz auf der Düne, ihnen zu Füßen schlief Karo, der Hühnerhund. Das Meer war tief beruhigt, sachte wiegte sich der Mondglanz auf dem Wasser, nur an der Brandung schnurrten kleine silberne Wellen behaglich vor sich hin. Vor Stibbes Hütte wurden wieder Fische gereinigt, und die Frauen sangen ihr altes klagendes Lied:

»Sonnchen wollt im Meere schlafen,
Schwarze Wasser sind die Decken,
Hecht, du grüner Offizier,
Laufe schnell, es aufzuwecken.
Raderi, raderi, raderira!

Sonnchen wollt im Meere schlafen,
Wo mein Junge schlafen muß.
Butte, kleines braunes Frauchen,
Bringe beiden meinen Gruß.
Raderi, raderi, raderira!«

»Karo schläft jetzt viel«, sagte der Geheimrat, »er ist verstimmt, das Meer interessiert ihn nicht, daher will er träumen, er jagt im Traum, seine Träume sind grün oder korngelb.«

»Ja«, meinte Doralice, »ich habe es bisher auch nicht gewußt, wie wichtig Träume werden können.«

Der Geheimrat zog eine Weile sinnend an seiner Zigarre: »Ich weiß, ich weiß«, begann er dann wieder, »hab auch solche Zeiten gehabt, an der Wirklichkeit liegt einem dann nichts, und die Träume werden einem dann wichtig. In solchen Zeiten muß man den Träumen entgegenkommen; man muß Orte aufsuchen, die den Träumen förderlich sind oder sie nicht stören. Solche Orte gibt es, dort unten in Italien oder auf den griechischen Inseln. Ich habe gedacht, wenn Sie von hier fortgehen ...«

»Wohin soll ich gehen?« unterbrach ihn Doralice leidenschaftlich. »Sie wissen doch, der einzige Ort, an dem mein Leben einen Sinn hat, ist hier.«

»Natürlich, natürlich«, brummte Knospelius, »ich sage nur, *wenn* Sie fortgehen. Schließlich kommt der Winter, dann ist das Land hier auch nicht mehr dasselbe; dann wäre so eine stille südliche Bucht empfehlenswert: blau, Sonnenschein, die Luft weich wie eine Puderquaste; das Leben so selbstverständlich, daß man nicht darüber nachdenkt, ob man es leben soll oder nicht. Man denkt überhaupt nicht nach, oder wenn man denkt, so komponiert man an seiner Vergangenheit, denn unsere Gegenwart können wir wohl verachten, aber von seiner Vergangenheit will jeder etwas haben. Ich meine also, wenn Sie von hier fortkönnen, so sollten wir an solch eine stille Bucht gehen.«

»Wir?« fragte Doralice.

»Ja, ich sage *wir*«, erwiderte Knospelius, »denn Sie müssen einen haben, der Sie begleitet und beschützt, und, sehen Sie, ich bin der geborene Begleiter, der geborene Beschützer, sozusagen der geborene Vormund, ich kompromittiere niemand, mein Wiedertäufer von Diener sagte mir einmal: ›Exzellenz haben es leichter, der Welt zu entsagen, denn Gott gab Exzellenz ein Extrakreuz.‹« Knospelius kicherte leise in sich hinein. »Solch eine Zeit würde Ihnen guttun«, fuhr er dann fort, »ruhig abwarten, wie das Leben weitergeht, denn bei Ihnen wird es weitergehen. Sehen Sie die Wellchen dort, jetzt ist die eine oben im Licht, dann geht's herunter in den Schatten – gut, gut – ich bin der geborene Kamerad des Wellentals. Wenn es dann wieder aufwärtsgeht, können Sie mich stehenlassen, daraus mache ich mir nichts, das bin ich gewohnt. Man hat mich mein ganzes Leben hindurch stehenlassen. Ein netter, interessanter Herr, sagten die Menschen von mir und ließen mich stehen. Aber das die ganz gleich. Es ist auch ganz gleich, daß das Zusammensein mit Ihnen für mich ein Erlebnis wäre; es hätte auch nicht das geringste zu bedeuten, wenn ich Ihnen eine Liebeserklärung machte; man kann ein gekrümmtes Rückgrat und doch seine Sentiments haben, aber die gehen einen dann ganz allein etwas an. Ich sage das nur, damit Sie nicht glauben, ich bin ein Opfer, im Gegenteil – aber wie gesagt, das ist egal. Die Hauptsache ist, daß es für Sie das Richtige wäre.« .«

»Ich danke Ihnen«, sagte Doralice leise, »aber ich kann jetzt von hier nicht fort.«

»Freilich, freilich«, sagte Knospelius heiter, »wir haben Zeit, wir haben hier gelernt, Zeit zu haben, wir warten, wir warten ruhig ab, bis das Meer uns freigibt.«

So kam es denn, daß, als der Oktoberwind die gelben Birkenblätter von der Zibbehöhe auf das Meer hinaustrieb und das blassere Gold der Oktobersonne über den Wellen lag, das wunderliche Paar noch immer Tag für Tag am Strande entlangging, die schöne, bleiche Frau mit den wehenden Trauerschleiern und der kleine, verbogene Herr im langen grauen Paletot, gefolgt von seinem Hühnerhunde, der mißmutig und gelangweilt auf das Meer hinaus gähnte. Sie warteten alle drei darauf, daß das Meer sie freigäbe.

Alda Sipmonie

Paola Manti

da Le sere abbandonate

Andrea Vitali